大美中国

天中国——

旅行中遇见美好

马艳秋 ◎ 著

三环出版社
SANHUAN PUBLISHING HOUSE

图书在版编目（CIP）数据

旅行中遇见美好 / 马艳秋著 . -- 海口 : 三环出版社（海南）有限公司，2024. 9. -- （大美中国）.

ISBN 978-7-80773-278-5

Ⅰ. I267

中国国家版本馆 CIP 数据核字第 20248RW510 号

大美中国　旅行中遇见美好

DAMEI ZHONGGUO　LÜXING ZHONG YUJIAN MEIHAO

著　　　者	马艳秋
责任编辑	卢德花
责任校对	孙雨欣
装帧设计	吕宜昌
出版发行	三环出版社（海口市金盘开发区建设三横路 2 号）
	邮　　编　570216　　邮　　箱　sanhuanbook@163.com
社　　长	王景霞　　总 编 辑　张秋林
印刷装订	三河市同力彩印有限公司
书　　号	ISBN 978-7-80773-278-5
印　　张	13
字　　数	150 千字
版　　次	2024 年 9 月第 1 版
印　　次	2024 年 9 月第 1 次印刷
开　　本	690 mm × 960 mm　　1/16
定　　价	68.00 元

旅行中遇见美好
Contents 目 录

沈阳是一座有着悠久历史的城市，曾经在七千多年前就有了原始人类生活的历史，又是一朝的故都，是中国著名的重工业城市，在人类发展史、文化史和新中国建设史上都有着重要的地位。作为一个沈阳人，我为自己生在这样一个城市里而自豪，并

且我也特别渴望了解她，这几年来，我游览沈阳的许多景点，也探寻着盛京的遗迹，感受着沈阳的魅力。

探访人类祖先

沈阳新乐遗址，是全国重点文物保护单位，1986 年成立新乐遗址博物馆。位于沈阳市皇姑区的黄河北大街新开河北岸的黄土高台之上，是新石器时代古文化遗址。这里原是一座原始母系氏族公社繁荣时期的村落遗址。布局与半坡文化很相似，据中国社会科学院考古研究所测定，新乐遗址距今已有 7200 多年的历史，出土了大量的石器碎片、烧焦的谷物化石、各种玉制品，还有使

用火的痕迹，出土文化相当丰富。

其实，新乐遗址就在北陵公园（昭陵）的西门附近，坐地铁在北陵的下一站下车就可以了。到这里来非常方便，好多公交车在这里都有站点。

票价是20元，不过，连张正式的票也没有，就是一张收据。来这里参观的人很少，除了我，就只有一对年轻的情侣了，一共

十八号房址

三个人，也没有工作人员，工作人员都在办公室里工作着呢！在这里，我们真可谓是自由行啊！

　　院中的这座雕像，共有六个成年人和一个男孩子。这个男子，他左手按在磨石上，身子蹲着，右手拿着刚磨好的石器在瞧着。左边一个女子长发披肩，脖子上挂着项链，上穿一件用树叶和兽皮制成的短裙。右肩上扛着一个小男孩，小男孩高兴地高举双手，在孩子的右手里，我们看到他拿的分明是一个果子。在她的左侧还有一个女子和她穿着差不多，在翩翩起舞，看得出来她非常高兴。我们看磨制石器男人右侧的女子，她身边放着一个淘米用的陶罐，她半跪在地上，右手捧着一个尖尖的陶碗，目光在

看碗里的食物。在这个女子的右侧是一个男子在用力拉弓，仿佛在射着天上的猎物。身边放着一只刚刚被捉到的小鹿和一只被射杀的大鹿，这可能是母子俩。在这个男人身后有个女人，她在石头上磨黍。黍磨好后就放在这个斜口的容器里，最后来看看这座雕像上这个高大的东西。它像古时人们头上用的簪。它是木雕制品，上面雕刻的据说是一只大鸟，可能是只大鹏鸟。整座雕像，就是"沈阳新乐人"的一幅生活缩影。

整个遗址中，最显眼的是这座房，我第一个就选择了去这里参观。到门口一看，这是二号房址，想了想：是不是我应该先去一号房址呢？一号房址在哪儿呢？举目四望，找不到，还是先进二号房址去吧。门口写着"老祖宗故居"几个字，原来这里是主要的展示厅。一进去，感应灯自动点亮，优美的女声，自动语音讲解开始播音。

我边听讲解边围着遗址走了一大圈，仔细地看坑里的瓦罐碎片，大大小小的坑，还有火的痕迹，那些坑是搭马架子时埋柱子的地方。这个遗址出土了很多文物呢，老祖宗真是了不起。从二号房址出来，外面的一个个房址出现在眼前。有的已经开辟出来搭起马架子，有的用玻璃罩上，有的复原了。逐个去看，里面都大同小异。

这就是复原的祖先生活的场景，有打猎归来，大家分享胜利的喜悦的场景；有制作石器的场景，我们的祖先就是用石头制作出生产生活的工具的；部族会议，当时是母系氏族社会，女性的地位很高。

八号房址是一个接近一百平方米的房址。这是部落首领的会议室，当中的中年妇女，就是这个部族的最高首领。中间的坑里

是燃烧的火，周围坐着的应该是部族的小头目，大家在商议着什么事情——或许是在布置围猎的事情，或许是在商讨扩建房子……

从坐在火堆旁边的那几个人的外表来看，都是女性，小孩儿和男人则在一旁侍立。从这里可以看出当时母系氏族社会的现实生活状态，妇女有着至高无上的权力。

盛京故宫

    沈阳故宫，是清朝定都北京之前的都城，沈阳也因此而荣耀。作为沈阳人，我也觉得特别骄傲。

    上一次去故宫，还是小时候的事情，模糊的记忆里，只有高大的红墙、金碧辉煌的宫殿。长大后，虽然常常从故宫门前经过，也萌生过进去看看的念头，但终未成行。

    许是因为它始终会在那里的，什么时候闲了，没什么去处，

便可去看了。这次不同，好友瓶子和另外两位朋友同行，从遥远的厦门来到沈阳，陪她们去故宫。人说"三个女人一台戏"，何况我们是四个女人，同行的儿子无奈，无奈，还是无奈。在故宫大政殿前，儿子举起相机拍下了四个女人似乎疯狂的飞跃。

我们也慨叹："皇帝又怎样？不过如此！皇妃又怎样？不过如此！"在故宫，我们觉得做一个现代人真是太幸福了，给个皇帝、娘娘当也不换！我们拍的照片不多，实在是冷，尽管那天的最低气温只有零下19摄氏度。所以劝一句想来故宫，特别是冬天想来故宫的朋友们，千万不要下午来，要选上午。

清昭陵（北陵公园）

这个"五一"没有远行。

儿子一直说要去北陵公园，他好像对这些历史特别感兴趣，特别是清朝的历史。这个春天天气反常，一直阴雨绵绵的，不宜远行。所以，就决定带儿子去北陵公园探访。

准备好了食品饮料，还有其他用品，我们出发了。到了北陵

公园，时间还早，不过停车场里面也有不少车了。公园门口的人很多，有的在拍照，有的在买票。我赶紧去买票，给儿子买了套票，66元，我和乐爸买了公园的门票，6元一张。

进了公园，很热闹，因为时间早，多数是晨练的人，游园的人还不多。儿子和我们分手，自己去游昭陵了，我和乐爸因为去了多次，就在公园里随便走走，然后，到树林里去找个阴凉，铺好了泡沫垫儿，乐爸躺下看书，我坐下来用手机上上网，看看空间。树林里的树叶长得很大了，草地很绿，喜鹊特别多，一群群地飞起来。

儿子参观完，已经过了中午。这个时候公园里面的人多了起来，有好多外地来的旅游团，举着旗，看着挺有趣，我们外出旅游的时候也是这样的。

这一天就这样过去了。

清福陵

　　清福陵，是努尔哈赤长眠的地方。因为清福陵在沈阳城的东郊，所以我们又叫它东陵。我们家所在的区叫"东陵区"，就是因为有东陵在这里。

　　这里，我们曾经不止一次地来过。小时候和同学们一起随着学校组织的队伍来东陵公园，但对历史的东西不太感兴趣，只记得"一百单八磴"，感觉很高的样子，曾经有一次学校组织从山下跑到山上陵门口的比赛，印象比较深。后来，上班以后，带学生来过，也只是走马观花地看看，因为要照顾学生。学生也和我小时候一样，对这些历史的内容不太感兴趣，让他们觉得比较好奇的是清朝历代帝王的那些蜡像。不过，我对这些蜡像还是有一种恐惧的感觉，还有点恶心，这种感觉应该是与生俱来的。

　　关于这些印象已经是很久以前的事情了，大概也有十年没来过东陵了。一直想再到东陵看看，不为访古，不为看那些展品，只为了来这里看看，只是看看。于是，在这个初冬，终于成行。

　　在同程订了景点的门票，是提前几天订的。去之前，乐爸说："看看你订票的短信，准备好。"这一说，我才想起来，原来我前天把所有的短信都给清除了。便打电话要求重新发送短信。同程的服务是没的说，马上发送短信。可是，我的手机不好使，没

世界文化遗产
WORLD CULTURAL HERITAGE
清福陵
QING FU TOMB

收到，眼看快到东陵了，我再次打电话要求发送短信，服务人员马上发送短信，并且再要了一个手机号发，同时发送到另一部手机。这次不仅后说的手机收到短信了，我的手机也收到了，一下子收到五六条，连头一次发过来的也收到了。

到了景点，看票价是 30 元，还有一种是通票 40 元，能够看展出的。我们只是想看看建筑，所以就把短信拿去验证，短信只能买 30 元的门票，给我们 25 元一张，两张 50 元，用半张发票皮纸给我们写的，连张票也没舍得给我们。

去大门那里先照一张到此一游照，然后再进大门。

沿着长长的青砖路一路走上去，边走边欣赏着初冬陵园里的美景，青松依然挺拔苍翠，点缀着已然落了叶子，却结着一颗颗小小红玛瑙一样果实的树，特别漂亮。路两旁树木高大，其间有石像生，路边还有介绍景点的一块块牌子。

走过这里，来到一百单八磴，乐爸先上，开始数，我在他后面，从平路的台阶开始数，结果，我数的是一百〇八，他数的就少了一级。

我们走进方城正门，正门内是神道，直通隆恩殿。先上了城墙，在城墙上走到后面的陵墓，大大的土堆，那里便是一代帝王长眠之处。想想人活一世，无论多么风光，多么英明神武，到头来也逃不过一抔黄土的命运，有什么名利不能够看淡呢？陵墓是在一个大半圆的围城之中，我们一圈走过，再回到前面的城墙上，边走边欣赏几座建筑上的花纹与房顶四角的神兽。细细看来，才知道，不同地方的大殿和城四角的城楼上的神兽数量和样式都是完全不同的。可能代表的意思不一样吧。

下了城墙，我们去隆恩殿，殿内供奉着香火，门上挡着珠

帘，我们没有进去。围着走一遭，下去，看隆恩殿的座基和栏杆都是汉白玉雕花，不是很精致，但是很漂亮。隆恩殿后面是双柱门和月牙城。

从陵园出来，已是正午时分，天也渐渐暖和起来，明媚的阳光照射在红墙黄瓦之上，特别的艳丽。

服务：景点服务设施完备，售票点正规，而且还提供导游服务，不过是有偿的。

交通：这里地处沈阳的东部，交通很便利，有不少车次都经过这里，而且还有148路从沈阳北站通东陵。

住宿：因为离沈阳市区很近，公交直达，所以，到市内住宿很方便。

餐饮：周围的饭店很多，有不少是东北特色菜馆，所以不用愁找不到吃的。

购物：购物嘛，这里有很多展销品，可以当作纪念品。

老沈阳遗迹：
原东三省总督府旧址

  早就看见过这座破旧的危楼，这次乐乐到同泽考试，我和乐爸就在周边闲逛。走到这座楼旁边的工地，看到工地的围挡打开了，就在打开的围挡处拍了起来。

  拍的当时还不知道这里是什么地方，拍完继续走，结果看到了这座楼院子的大门，铁门上的一个小门开着，也没有人，我们就进去看看。这一看不要紧，发现这原来是原东三省总督府的旧址。

  破旧的院子，楼房已经破败不堪，窗户残破、墙皮脱落，正门旁边的墙上写着大大的"危险"字

样。楼房两旁似乎有人住，因为我看到两个人，楼前面还晒着被单什么的，左边还养着小动物。因为正门里面好像是不让进的，我也没有再往里面走。

虽然这里已经破成这个样子，但是，从建筑上看，还是可以看出当年的辉煌。

今天，又和乐爸从旁边的工地走过去，想去看看楼的旁边和后面。从一个墙洞走过去，还有垃圾堆，一不小心还踩了那个很恶心的东西，乐爸说我不看路。真的很恶心啊，我有强迫症，一直觉得很难受，但是我心里想：走狗屎运啦！给自己个安慰吧，谁让我想去看老房子呢！

唉，如果我不去看看、拍拍，也许以后就看不到了，这座总督府依我看是保不住了，太破旧了，根本没有人在意它。虽然

门口也贴着那块不可移动文物的牌子，但是有谁来保护它、修缮它呢？

这总督府在大帅府的北面，隔着一条街。与故宫博物院相邻，在故宫的东南不远处。看着故宫博物院在修缮，大帅府也有人管理，这总督府旧址真是可怜。真的是很可惜这总督府啊，近四百年的历史，那也是一段不可磨灭的历史记忆呀！

刚才在网上查询了一下，有去年的报道说总督府要获新生，希望是真的，希望这一天快点到来。政府赶紧修缮总督府吧！

岁月悠悠，你的记忆被淡淡抹去，有谁会心痛你的消逝？

周恩来在沈阳读书旧址

终于在乐乐中考的时候，我和乐爸去参观了周恩来读书旧址。

2012年6月25日上午，我在外面拍一拍照片，因为时间尚早，外面来往的人不多，本来想进去参观，不过，因为早晨车被剐了，去做快速理赔，就没有进去参观。

26日8点30分才到，坐在车里等了半小时，外面下着小雨。9点钟开馆，拿了身份证登记，工作人员说展室里面不可以拍

照，然后就让我们进去了。

　　基本上没有什么人参观，只有一个女工作人员负责登记，再就是几个保安。进去参观，也没有人讲解，当然想拍照还是可以拍的，因为只有我们自己进去，没有人监督。不过，我们还是听从工作人员的吩咐没有拍里面的展品。我想如果是有大量游客来参观的时候，应该是有讲解员来讲解的。

　　现在开放的院子里有两排房子，前面一排是平房，现在都是办公室，后面一排是两层小木楼，那里是展室。

杨宇霆公馆

　　杨宇霆公馆，位于沈阳市大东区魁星楼路 6 号，是近现代重要史迹，也是重要的代表性建筑。现为沈阳市地税局大东分局办公楼，1993 年公布为市级文物保护单位，2003 年公布为省级文物保护单位。

　　我去的时候，税务局已经下班了，不过大门还开着。向里面

看一看，杨宇霆公馆更像个独立小院，而税务局这边有办公楼。小院对着税务局这边有一个小门，门口坐着一个税务局的工作人员，正在看报纸，靠门口的小屋里面还有一个工作人员，大概两个人是在值班。

公馆临街这边是铁栅栏和铁大门，不对外的。乐爸鼓动我进去看看，和人家商量商量。我就进去和坐在门口的工作人员说想拍几张照片，那人就让我进去了，不过不让接近办公楼，让进公馆去拍。这正合了我的心意，我本就是想拍公馆的。

这公馆，是经过修缮了的。现在看来税务局也没有使用，房屋基本都空闲着。院子里面乱乱的，有各种工具，有自行车、手推车，还养了很多的花，反正给人的感觉就是乱。

这么好的建筑，又经过修缮，应该好好地对待它，如果能对外开放就好了。不过，房屋都空闲出来了，以后或许会让它有个给人回顾历史的作用也说不定。也没有打听一下，但是，我的心里是想，会不会空出来，让它恢复原貌，然后，供游人参观呢？

赵尔巽公馆
万泉水塔

　　昨天下班给乐乐送饭后，就去寻老房子。这是预定好的行程，要去杨宇霆公馆、赵尔巽公馆、周恩来读书旧址，这三个地方离得很近，所以一起去。

　　这些地方离乐乐的学校都不远，和乐爸徒步过去不过二十分钟而已。我们从南运河的翠园里面沿河而行，有树、有水、有景，

不热，心情很舒畅。先去了位于万泉公园西门南侧的赵尔巽公馆。

去年的时候，我发过赵尔巽公馆的照片，当时只是偶遇拍摄的。这次是特地来的。

这公馆给人的印象不像个公馆，没有什么气派，从后门向里面看进去，有小庙的感觉。围着转一圈，面积不大，而且大门紧闭，进不去，只能在外面看一看，拍几张照片。

拍了几张照片之后，突然想起万泉水塔来。就在公园内，离赵尔巽公馆五六百米的样子。可是，看不到全貌，因为周围的树实在是太高、太多、太茂盛了。

中山水源水塔

　　在寸土寸金的南三马路边，高楼林立、繁华异常，可能很少会有人注意到与中联速8商务酒店比邻的那座老旧的水塔——中山水源水塔，即千代田公园给水塔。

　　这是一座有着相当长历史的给水塔，1915年1月建成，是沈

阳最古老的给水塔。

　　昨天途经这里，才惊觉，它赫然地矗立在眼前。如果不是我这段时间注意老建筑，知道中山公园这里有一座老水塔，走到这里也不会在意它。因为了解，所以在意。其实，以前也经常从这里走过，只是会觉得这样一个老旧的建筑在这里有些不协调，从来没有像这次这样在意它。

大帅府

　　大帅府的周围已经看得差不多了，可是，这帅府，我也是在外面看的，内部得等以后和乐乐一起去看了。先上外围照片。

　　这帅府很气派呀，虽然比不了故宫，可是在沈阳应该是仅次于故宫的建筑了吧？乐爸说其实沿故宫走一圈也没有多大，帅府也很大，和故宫差不多。不过，我觉得帅府肯定是要比故宫小很多的。但是，帅府的青砖墙可不是一般建筑能比的，那叫一个高大啊！我让乐爸站在墙下比对一下，上次在故宫墙外也让他做比

对了，这一比对可是也比对出来，帅府的青砖墙要比故宫的红墙矮一些，不过也没矮多少，不超过半米。

在帅府外面走了大半圈，南、东、北三面，西面拆迁了，正在建设中，就没有过去，只是远远地拍了几张照片。

少帅呀，那可是千古功臣呀！

淡淡回想，谁在记忆里渐行渐远？忘记过去，也并非就意味着背叛。但是，有些事，有些人，真的不能够忘记！

这门口挂了好几个牌子的地方，就是大帅府的西院，现在被辽宁省文化厅（现文化和旅游厅）占用着，但是，它是属于帅府的一个组成部分。这是个红楼群，2007年的时候，沈阳市政府决定将原属于帅府的西院红楼群划归张氏帅府博物馆。省文化厅有关领导表示，会在次年腾出西院红楼群。

帅府舞厅

　　这座建筑位于大帅府外东南。怎么看怎么应该属于大帅府的一部分，可是，没有任何标志说明是大帅府的建筑。我和乐爸仔细看了半天，也只是看到煤矿监察局卫生所和什么定点医院的字样。只是，中间高高的钟楼上面的"1925"几个数字，让我坚信这肯定是大帅府的一个部分。

　　经过回家以后反复地验证，才知道这里原来是"帅府办事处"（帅府舞厅），现在被占用着，现在在它正对着大街的楼角正开着一处 KTV，是物尽其用吗？搞笑！还好，这里没有像王维宙公馆的后院那样破烂不堪呢！

　　对于文物保护，我没有什么见解，也不太懂得这些，只是觉得这样有价值的地方应该让它永久地保存下去。

赵四小姐楼

　　在大帅府的东面墙外，对着帅府的东大门，有一座小院。红色的院墙，红色的二层小楼，与大帅府有着鲜明的比对。大帅府的围墙高大坚实，堪与故宫的宫城相比。青色的墙砖，显得森严而肃静。而这座小院，不仅围墙是红色的，楼体是红色的，就连起脊的楼顶的瓦片都是红色的。经数年，红色已经有点褪去，变

成了淡淡的红，让人看来感觉着那么和谐与温馨。小院儿在阳光下，有一种温暖的感觉。

　　这就是"赵一荻故居"，也就是众所周知的"赵四小姐楼"。这里是张学良将军和赵四小姐 1928—1931 年居住的地方，他们在这里生下了他们爱的结晶爱子张闾琳。

满铁奉天公所旧址

　　沈阳市少年儿童图书馆是原日本南满洲铁道株式会社奉天公所旧址，位于沈阳市沈河区朝阳街 131 号，由沈阳市文物局立为：沈阳市不可移动文物。

　　上午我们去的时候还没开馆，只在外面拍了拍，我转到后面的院子里面去拍。后院里有好几个人，还有车，不知道这些人是

干吗的。可是，想拍照也得征得人家同意啊，问一下，人家说后面不是老建筑，只有前院才是。但是，我看那建筑风格什么的应该也是老建筑，就随手拍了两三张照片。

下午又去的时候，进里面拍拍照片，不过，房间里面就没有拍了，都是图书馆的图书什么的。

长安寺

先有长安寺，后有沈阳城。

早就想去长安寺了，六一的早晨终于如愿来到长安寺。原来它就在中街商业城后面的巷子里。我以前经常在商业城后面停车的，可是，就是没有看到过，乐爸说大概是以前没有修缮好，被围墙围起来了，要不然我们不会连这么大个建筑都没有注意到的。

长安寺果然还在修缮中，前面两层院子已经修缮好了，我们从长安寺与东三省官银号旧址中间的巷子走进去，看到的就是后面正在修缮，有很多工人在忙碌着。

我们开始没敢进去，后来看到一个老太太走了进去，我们就跟着进去了。只看到前院有一个和尚，也没理我们，我们就边走边看。

第二层院子里面有很多人，大殿里有几个僧人正在准备做早课，其他的都是信佛的人，在旁边坐定了。过了一会儿他们开始诵经了，我们看了一会儿，后面的院子要经过诵经的大殿，所以就没有进去。

我们返回了第一层院子，想再好好地看一看。

发照片的时候才发现，我居然只拍了一张大门的正影，而且乐爸还在那严肃地站着。下次一定要补拍一张。

东三省官银号旧址

去寻长安寺，乐爸说在中街商业城的后面。

我们决定从商业城后面的巷子进去，没想到，在巷口却意外地发现了"东三省官银号旧址"，现在是工商银行，这也是沈阳市不可移动文物。

从前来时也看见过这座楼，却从来没有注意过它。这是一座灰色的、转角式的楼房，大门对着街角。

再沿着巷子向东，走到楼的东面，一看还有一面，这楼还是连着的，只是我们看到的是楼房的后面。可是，我们还是看到一个很旧的小门。沿着这楼向北走，走到尽头，是个大铁门，从铁门看进去，里面还是楼房的后面。原来这院子里的楼房是盖了一圈儿的，占地面积还不小呢！

中心庙

　　在沈阳故宫的大政殿北面的宫墙之外，有一座沈阳最小的庙——中心庙。这就是明、清沈阳古城的中心点。它位于沈阳故宫和中街之间，是明、清沈阳古城中央坐标点的一处著名建筑。从清代以来，沈阳城的老百姓有很多关于这座庙的传说，流传较广的是有关中心庙中关公为皇帝护驾的传说。中心庙里还供着土

地爷和山神爷，民间也都有流传很广的故事。

中心庙占地面积仅有半亩，只有一座殿，很小很小。它的地理位置却非常重要，因为故宫的宫墙特地拐了个弯儿，把这块儿地给小庙腾出来，可以看出对它的重视。现在小庙已经被修葺一新了，免费供游人参观。不过，我们去的时间已经过了参观的时间，大门已经上锁，只在外面拍了几张照片。

等哪个周末送儿子上学以后，我们再在参观时间去中心庙，进去拍拍里面的样子。其实，虽然没有进去参观，但是，这时候去，也是个收获，如果在参观时间，哪能拍到这样安静的小庙时光呢？

王树翰官邸

　　历史的声音已经被现代的潮声所淹没，老沈阳的遗迹，哪怕在这样的文明与糟粕同时遮盖之下，它们还是倔强地立在大潮之间，经风雨而不朽。这次给大家介绍的是"王树翰官邸"。

　　王树翰，又名王维宙，1880年生于沈阳大注，早年入泮。

清末废科举，考入吏部学治馆。曾任奉天南路观察史，张作霖时代任奉天财政厅厅长、吉林省省长、张学良秘书长等。力主易帜南北统一，1928年代表张学良在北京同蒋介石进行易帜谈判。伪满后期移居天津。1955年故于天津寓所，葬于东北义园（北京西静园）。

  王树翰官邸是一座中西合璧的建筑，前院从外观看是传统仿清式的四合院，内部是民国时期的布置方式。现在已经改造成饭店，就叫作"十六号公馆"，是家经营粤港菜的饭店，人均消费在三百元。这样的饭店，我这等平民百姓是不敢去试的，所以，也没敢进去看看里面是什么样子的，只是远远地拍了一下它的正面，也看不出原来的模样了。后院是一座红瓦起脊的平房，现在

爬满了绿色藤萝。还有一座二层的小洋楼，都已经破旧不堪了。从里面的状况看是有人居住的，院子里面乱七八糟的，什么都有。看了这些，觉得心疼不已，虽然寸土寸金，但这可是不可移动文物啊！怎么能这么不注意保护呢？

沈阳营城子兴隆寺

　　在繁华喧闹的市井之间，还有这样一个古老而又破旧的寺院。它就是坐落在沈阳市东陵区营城子的兴隆寺。

　　营城子对于我来说并不陌生，是我上初中的时候常常去的地方，我好友家就在那里。那时，只知道那儿有一座很矮的土山，只是远远地望见过，从没注意过还有这样一座寺院的存在。大概

是那时候还小，也或许是根本与它无缘。

知道这座寺院是因为新浪博友柳塘寒士的博文《浑南营城子兴隆寺》，读过之后，便非常想去看一看被我忽视了这么多年的身边的古老寺院。今天正好和乐爸去奥体中心参加中考咨询，出来的时候时间还早，便一起去了营城子。

我们找到了兴隆寺。我在百度没有找到相关的资料，据柳塘寒士博友查：在老地图中查到营城子村北的确标注有座小山，在《东陵区志》里也查到了兴隆寺的相关资料，这座庙至少是建于清雍正年间，乾隆年间曾重修过，张作霖主政东北时期村民也曾集资修葺过。

这样一座老寺院，真的应该得到重视，有关部门应该修缮一下，最好是不要拆除，拆除了真的很可惜。

门前停着一辆黄色的面包车，把大门挡住了，没法拍到正面。大门左边是修车的摊子，人很多，乱乱的。门前是车水马龙的大马路，右边和对面是市场、饭店、商店。寺院其实就是处在商业街。侧面拍一下大门，是个很破旧的铁网门，最东侧有一扇破木门，用手推了推，没有推开，大概是里面锁着。透过铁网拍了两张大殿的正面照。大殿的木门上着锁，这里有青砖，大概要修缮吧。进不去还是不死心，我们从东面的巷子里走过去，看看能不能绕到后面去。从这家的院子里正好可以拍到，进去看看。可惜，一条好大的狼狗，吓死我了。我都要放弃了，站在这家的土堆上向里面拍了几张照。乐爸说来都来了，再往后面走走看看能不能进去。到后面一家一看，这家没狗，可是墙好高啊！于是我提议，从这墙的后面绕过去，乐爸先过去。下面很深，我们从窄窄的墙基上攀过去。这下好了，我们进来了，好一阵拍，可

是，大殿锁着，没敢靠近。我们猜测这是寺院里的僧人住的地方。乐爸眼尖，看到了僧衣，证实了我们的想法。又拍两张就准备走了，毕竟是私自进来的，没有经过主人的同意。这就是那窄窄的墙基，够窄吧？我们又这样攀回来了。我们的车停在兴隆寺的正门，从大门的缝隙看进去，再从正面拍一拍，然后，就告别了。

气势宏伟大法寺

在沈阳还有这样一座大的寺院，我们以前真的不知道。今天正好路过这里，看到这么庄严的一座寺院，便过去看看是什么寺院。寺门在东面，过去一看，是大法寺。

我们都没听说过大法寺，以为是新建的，大庙确实也真是很新。不过，乐爸说大概是原来就有的翻新的。

我感到奇怪，八王寺在哪儿呢？这是八王寺街呀。回家上网一查，原来大法寺就是八王寺。

今天正好在举行水陆法会。我看了一会儿，只在门口向里面看看，因为我穿裙子，没敢上前。我想以后再去参观吧。

孙烈臣公馆旧址

　　位于大东区大北关街36—1号的这处老宅子，是奉系军阀孙烈臣的公馆旧址。现为大东区政协办公用房。2004年被沈阳市文物局立为"沈阳市不可移动文物"。2008年又被沈阳市人民政府公布为市级文物保护单位。

　　今天下午去北站那边的保险公司去取乐爸上次滑雪受伤的保险费，办完以后时间还早，所以，就准备去拍一处老房子。想起了这处大北关的孙烈臣公馆很近，就用导航导过去。没想到，这就是上次我和乐爸洗牙的那个地方，离我租住的房子很近。上次

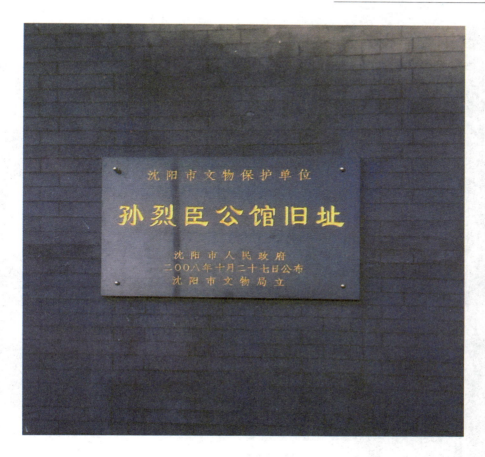

来的时候，也看到了这里，但是因为时间关系没有过来看。

　　我过去拍的时候，保安说里面不让进去，不过，我还是想过去试试，门卫说不让拍，还说这里是政府机关，不是博物馆，不让参观。这里修复得倒是很好，但是，被大东区政协用作办公用房，不让参观，真是没办法。我只好和门卫商量就站在门口拍两张，好说歹说才让我拍两张，还没拍怎么样，那个门卫就出来问我拍完没有，我急忙说拍完了，就走了出来。

　　大概是很少有人到这里来拍照，人家感觉很奇怪，出去的时候，外面的保安还问我拍它干吗？唉，真是不知道说什么好。

奉天省议会大楼旧址

　　这几日我的心里颇不宁静，走在车水马龙的大街上，看形形色色的人流，猜不出每个各异的表情与容颜的后面隐藏的是怎样一种心情。

　　注意到青年大街高登大酒店附近的一些老建筑已然很久了，今天走过去探访一下。到处都是车，没有空的泊位；到处都不可以左转，心里堵得慌。好不容易绕了过去，可是，却都是高高的

围墙，尖尖的铁丝网，把我的视线阻隔在围城之外，只看见二层上面的窗户与房顶。围城之内，住的是什么人，不得而知，但在这寸土寸金、高楼林立的地段，能够保存下来的老式建筑，虽然已然被改得不伦不类，也一定是受到重点保护的。

无奈没法拍到里面，只好回去等儿子下课。突然想起在后面十七中学旁边看见两层老旧的红砖小楼，决定过去看看。没想到，却意外地在这座日式的二层小楼里面，找到了"奉天省议会大楼旧址"。这是一座欧式的建筑，虽然都是砖的，却有特别精美的图案，虽然经过一百多年的风风雨雨的侵蚀已经显得斑斑驳驳，但仍然让人感叹它昔日的精致。

可是，现在它的状况不容乐观，虽然已经经过了修复，但是，看起来里面还是有许多杂物，不知道还做不做仓库了。但旁边的日式小楼肯定是仓库，因为有许多人正在门口往外运货物呢。现在小楼就在一个市场旁边，和市场基本上就是一个院子。现状还是堪忧啊！

原奉天肇新窑业公司
办公楼

　　位于沈阳市沈河区惠工街 92 号的原奉天肇新窑业公司办公楼，现为沈阳市台商会馆用房，是沈阳市不可移动文物。

　　南临东西快速干道，东面是居民区，北面过惠工广场可直达沈阳北站，现在在它的北面和东面各有一个地铁的出口，是 2 号线金融中心站点。地理位置优越，交通便利。

　　这里是 1923 年 3 月在张学良将军的支持下建造的一座正面三层、两翼两层的"V"字形小楼，沈阳近代工业标志性建筑。系沈阳民族工业先驱、抗日爱国志士杜重远所建，所以，也称为"杜公馆"，是当时最大的一家民营窑业公司。

清代满族风情一条街

　　清代满族风情一条街，以前很少从这里经过，只是近一年，总是有意无意间走过这里，特别是乐乐中考这两天。同泽中学对着的盛京路和这条清代满族风情一条街所在的沈阳路有好多条小巷相连，没事的时候就在这里走走。

　　在沈阳故宫前建起的这条盛京古文化街，东起抚近门，西至怀远门，全长1300米。这里的建筑青砖红柱、黑瓦飞檐、雕梁

画栋，全部是仿古建筑。处处体现着中国传统的建筑风格，具有满汉特色，是独具特色的人文景观。1998 年 8 月以来，每年还在这条街上表演声势浩大的皇家礼仪大游行。独有的皇家气派，服装、道具，穿着打扮都是原汁原味的，如假包换的皇家贵族展现在你的眼前，让人感受到清文化的魅力，让人一饱眼福。

　　每当夜幕降临的时候，清代一条街华灯初上，各色彩灯变

幻出无穷的魅力，精美的图案，五彩斑斓。每一家店铺前都各有特色，金色牌匾、古色古香，与门楼上的起角飞檐相得益彰。

　　具有悠久历史的故宫就坐落在清代一条街。步入"武功坊"就会看到下马石，那是武官下马的地方。前面有一座塑像，是一位身披盔甲、腰挎宝剑，骑着一匹高头战马的将军。他目视远方，右手紧握战刀，左手紧勒缰绳。那匹战马前蹄高高扬起，好像在嘶鸣着，也许是要去冲锋陷阵，又或许是刚刚打了胜仗，凯旋而归。这就是一代帝王——皇太极。这两米多高的塑像基座是由页岩砌成的，正面嵌着三个金光闪闪的大字——"皇太极"，背面是他的生平介绍。

　　从故宫门前走过，在高大的红墙下，仰望蓝蓝的天空，会让人想到很多。

沈阳太清宫

　　沈阳太清宫，又名太清丛林，位于沈阳市沈河区西顺城街16号。正对着老城西北角的城楼，周围好多店铺都是与佛教、道教相关的产业，算命、卜卦、起名、问事儿、看风水等，样样全有。

　　在这里住了快一年了，离太清宫不到十分钟的路程，总是从太清宫门前走过，却从来都没有进去过一次。出于对教门的敬畏，也出于自己的肤浅，不敢轻易踏进庵观寺院。有次在门前经过，看到门前有售票的桌子，貌似票价2元，初一、十五免票。很想进去看看，便想哪个周末约儿子一起去参观一下。

　　这次因为下雪，很想拍拍雪后的太清宫，就自己去了。可惜的是大门紧闭，虽然门口的雪已然打扫干净，但看得出还是不欢迎别人这么早就进去打扰清静的，还是算了，就围绕着太清宫走了一圈，拍拍外围的景色。雪后的太清宫还是很值得欣赏的。

实胜寺

　　这里就是传说中的皇寺，皇家寺院，名叫实胜寺。与太平寺一路之隔，却豪华气派。实胜寺位于沈阳市和平区皇寺路。实胜寺全名为莲花净土实胜寺，始建于清崇德元年（1636 年）秋，竣工于崇德三年八月初一，历时三载，是清政府在东北地区建立的第一座正式藏传佛教寺院，也是清军入关前盛京最大的喇嘛寺院。

　　以前在门前走过几次，没有进去过。从前在这里走的时候，感觉这里的香火很旺盛，进寺的香客络绎不绝。这次进去，看那些大殿果然不同凡响，而且院子里挂满了大红灯笼，显得喜庆欢

乐。建筑宏伟气派豪华，皇家寺院果然不同凡响。

对于像我这样的普通游客来说，一不拜佛，二不烧香，三不求签，到寺内只是参观一下建筑，感受一下皇家寺院的气派。

据资料记载，太宗皇太极曾亲主内外诸王、贝勒、大臣及留居沈阳的朝鲜世子参加了落成典礼。清雍正四年（1726 年）大修，以后屡加修缮。清朝历代皇帝均对实胜寺十

分推崇，皇帝每次东巡都要到实胜寺朝拜，炫耀祖宗功德。乾隆皇帝就曾四次巡幸此寺并咏诗纪事，盛京（今沈阳）新上任的大小官员也要到该寺拜佛受印。由于该寺受到皇帝重视，至今保存完好。1984 年以来，翻修了大殿玛哈噶喇佛堂、经堂，重建了山门、天王殿，新建了 10 间配房。

实胜寺占地面积 7000 多平方米，建筑面积 1000 多平方米。整个寺院呈长方形，坐北朝南，分为前、后两进院落。沿中轴线依次为山门、天王殿和大殿，两侧建有钟楼、鼓楼、配殿、玛哈噶喇佛堂、经堂及僧房等，规模宏大、布局严整，高低错落、主次分明，显示出很高的建筑水平。

锡伯族家庙

　　锡伯族是我国 56 个民族中的一个，是一个有着悲壮历史的民族，与古代鲜卑族和近代满族有一定的关系。有一种说法说沙俄曾以此名称创造北亚的新地名——西伯利亚。现有人口近 19 万人，主要分布在新疆伊犁地区的察布查尔锡伯自治县和辽宁、吉林等省。新疆锡伯族人口为 4 万余人（其中察布查尔锡伯自治县为 2 万余人），辽宁沈阳约 5 万人，其余主要分散居住在北方各省及全国各地。

西迁之路

　　早期的锡伯族人民以狩猎、捕鱼为业。察布查尔锡伯族经营农业，以种水稻为主，牧业也比较发达，还有许多青年从事商业和手工业。本民族的干部不断成长，有了各类专业人才，办起了医院和学校。

　　锡伯族的壮举就是大西迁，起点是沈阳，终点是新疆察布查尔。这么漫长的路程，再加上当时的交通水平和生活条件低下，靠人挑肩扛，赶着笨重的牛车，拖家带口，军民一起迁徙，多么让人敬佩！

　　沈阳的锡伯族家庙（太平寺）位于北市场内。进锡伯族家庙正对门口的就是大西迁的雕塑，一匹高头大马上一位威风凛凛的将军和两位身披铠甲的战士，后面一辆牛车上面坐着老人、小孩儿，这些将士带着他们的亲人老小，举家西迁。左手边是一面浮雕墙，也是展现西迁的史实的。

　　在雕塑前面有一头生猪，已然冻硬了。这是人们在祭祀着这些西迁的锡伯族祖先的牲祭礼。

　　从浮雕墙旁边的小门进去，西侧的院子里靠北边是这座房子，中间高的是皇家萨满福堂，两边矮的，右边是喜堂，左边是喜利妈妈子孙堂。

　　皇家萨满福堂是满族、锡伯族、蒙古族等少数民族通过萨满进行祭祀、祈福以及占卜等活动的场所；喜堂是展示传统婚俗的场所。"喜利妈妈"是保佑子孙繁衍和家宅平安的女神，"喜利"在锡伯语中的意思就是"延续"。

　　锡伯族家庙左侧的院子有前、后两进，我先进的是二进院，绕过这所房子，前面更像一座四合院，这座房子是正殿，正对着它的是我在第一集中的第一张照片的那写着"太平寺"几个字的那座殿，也就是这一集中最后参观的第一展室所在地。左右还各有一座偏殿，分别是二、三展室。

院子中间有几棵树，当然也都赋予了美好的传说，人们把自己的美好愿望写在红布条上，用尽力气把它扔到更高的树枝之上。

看到人们往那披红戴花的、铜的小房子的洞里投硬币了吧？里面有个小钟，谁投到钟上就是好的，投到的越多越好。

看大家开心地扔布条，乐此不疲地投硬币，觉得他们是把自己的快乐和幸福一起抛起来，把对未来的希望和向往寄托在硬币上。

继续去参观，由四展室到三展室、二展室，最后才到一展室。展室里的文化方面的东西，我感兴趣的还是那些嘎拉哈呀什么的，因为我小时候都玩过呀。

游走旅顺大连

一　黑石礁

　　这个暑假真的适合出去走，立秋过后，虽然还在三伏，天气却冷暖适宜。

　　去大连不是临时起意，很早就有了这个念头，只是，14日出发是我突然之间想到的。如同一切逃离一样没有什么准备，甚至有些匆匆忙忙。

　　头天晚上发信息给同学，说要去，同学打电话过来，让我把

她外甥给带去。正好，我也回令闻街那边去取导航，也买了奶，买了零食、水，从家带了水果，去接了小虎，一起出发。

天气不错，可惜，我们出门晚了，10点多了。

有400多公里的路，我们大概开了五个小时，一路上没有什么好拍，只拍了几张路牌而已。沈大高速不愧为"神州第一路"，真好走，四车道，路平，全程120公里限速，开起来既不快又不慢，舒服。我开了有150公里。我实在不适合开长途，总是走神儿，只能打替班儿。

快下高速的时候，开始下雨了。

到了同学家，吃晚饭。

晚饭后，我们到黑石礁风景区去转一转。因为下雨，就近的原则，没有去星海公园。其实，星海公园我们都去过了，这黑石礁风景区还是第一次来。风景不错，尽管在下雨，还有在海里游泳的；在海边拍婚纱照的；在沙滩上搭帐篷的；在海边烧烤的、

拍照的……

　　沿着木栈道在雨中看海，别有一番滋味。

　　这里还有个自然博物馆，因为天晚了，关了，没有进去看。

二　游走大连旅顺

　　昨天的一场淅淅沥沥的雨，把今天的天空洗得如此蔚蓝。

　　从大连到旅顺，五十几公里的路，两边的风景很美，这风景和沈阳路旁的风景是不同的感觉。路边的路标最让人满意，去哪里都不会走错的。

　　同学在旅顺买了一套房子，既作为投资，又作为度假的去处，真是很好的选择。旅顺很干净，也很清静，房价又不高，海边可以免费洗海澡。所以，我们吃过早饭就直奔旅顺了。

三　旅顺博物馆

　　到了旅顺，首先去旅顺博物馆。这里一共有三个馆：旅顺博物馆（包括两个馆，另一个馆在办虎门销烟的展览）、蛇博物馆和关东军司令部。蛇博物馆我们是一致不想去的，而另外几个馆，我和先生也不是很感兴趣，于是，决定让儿子自己进去参

观。我们则对这些建筑比较感兴趣。

　　儿子进去参观以后，我们两个在公园里面走啊看啊，先是把这博物馆的外面看个透。

　　这是中国历史艺术性博物馆，位于大连市旅顺口区列宁街。该博物馆1917年4月建立，是日本帝国主义在1905年侵占大连以后，于1916年在沙俄未建成的军官俱乐部基础上改造建成的。建筑既有近代欧式风格，又有东方艺术装饰特色。该馆初名关东都督府满蒙物产馆，1918年11月改称关东都督府博物馆，1919年改称关东厅博物馆，1934年改称旅顺博物馆。1945年10月，

由苏联红军接管，改名为旅顺东方文化博物馆，1951 年 2 月 1 日，苏军将博物馆馆舍连同馆藏 20637 件文物、7700 册图书移交给中国政府。1952 年 12 月改称旅顺历史文化博物馆。1954 年定名为旅顺博物馆。

8 月 15 日这一天对中国人民来说，是个特殊而敏感的日子。1945 年 8 月 15 日，日本天皇发表投降诏书，宣布 330 万日军放下武器无条件投降。美联社在这一天向全球发出电文："最惨烈的死亡与毁灭的汇集，今天随着日本投降而告终。"今天是"8·15"，国人一定莫忘抗战历史。

四　旅顺满蒙物产陈列馆

儿子在博物馆里面的时间太长了，我们已经把外面逛得差不多了，先生要上车休息一会儿，我则在院子里继续走，拍了门口这座楼。据资料：这

是旅顺满蒙物产陈列馆、满蒙物产馆分馆旧址，位于旅顺太阳沟列宁街22号，建于1915年。此处曾是关东都督府满蒙物产馆分馆、旅顺博物馆、关东厅博物馆，1935年改为旅顺图书馆。1945年苏军接管后，一楼为商店，二楼为饭店。1955年由我国驻军医院使用。它是大连市重点保护建筑。

走出门口，在外面的街上看到一座大连市重点保护文物——日本关东宪兵司令部旧址，位于旅顺太阳沟东明街36号，建于1900年。沙俄侵占时期为关东州民政厅。1905年日本人将此处作为关东宪兵司令部，也称旅顺宪兵队本部，隶属东京宪兵司令部。它被列为大连市第一批重点保护建筑。

五　老街

　　旅顺是个有深厚内涵的地方，是个需要细细品味的地方。

　　沿着博物馆外面的街道向前走，随处可见的都是这种老房子，随处都有一种宁静的生活味道。无论是路边房檐下乘凉的老人、坐在街边闲聊的妇女、蹲在地上玩耍的孩子、路上游走的行人、偶尔驶过的汽车，还是那些晾在绳子上的被单、斑驳的木门、墙上 N 年前的文字，都在向我们诉说着城市的安宁与祥和，还有城市的历史与文明。

　　我不知道这些房子都是什么年代建筑的，但是，我知道它们一定是有些历史的。城市一直这样保持着特有的风貌、岁月留下的痕迹，见证着曾经的那些耻辱、耻辱过后的新生、如今的幸福。广场上一辆辆的旅行车，来来往往的旅行者，都想亲眼见识一下这段历史，永世不忘这些耻辱。旅顺就是一个大的爱国主义教育基地。

六　火炬松

8月15日，是个有纪念意义的日子。其实，它还是另一个纪念日，前者是国家民族的纪念日，后者是个小小的纪念日，是我们个人的，呵呵，是我们结婚纪念日。所以，我们选择这个日子到旅顺来参观，也算是更有意义的纪念吧。

我们在博物馆的院子里游览、观赏，特别引人注目的就是这些树。

旅顺博物馆院子里面的这些树，导游叫它们火炬松，说是火炬松，其实它们是一种柏树，不过，它们真的是很像火炬的样

子，看起来很漂亮。据说这是日本侵占旅顺的时候从德国进口来的，是旅顺特有的。不过，现在在旅顺这种树还真是不少，在街道边上随处可见。人们都喜欢这些树，都在下面拍照留念。

七　白玉山海军兵器馆

上午游览了太阳沟景区，下午决定去白玉山景区一游。

这白玉山景区可是真险啊，车开上去让人心生怯意，全程有多少个胳膊肘弯儿忘记数了，全被心中的惊骇代替了。坡度大、

路面窄、拐弯急，一路向上，开上了旅顺最高处——白玉山景区。我们先观看的是旅顺海军兵器馆。里面飞机、大炮、坦克、军舰等各种兵器，还有个潜艇模拟实验室。我们三口人花了十元，上了军舰，坐了飞机，试了坦克，还去潜艇模拟实验室一游，在这参观了一个多小时，儿子对兵器很感兴趣，大概男孩子和男人们都对兵器感兴趣吧！

据资料介绍，旅顺海军兵器馆位于白玉山顶，建于1988年7月，现为辽宁省国防教育

基地、大连市爱国主义教育基地。馆内展示着我国自行设计建造的海军部分武器装备，各种展品600多种，1000余件。全馆分室内和室外两部分，室内有水中兵器陈列室，展出各种水雷、鱼雷、深水炸弹和扫雷装具；有舰对舰导弹室、潜望镜室、激光枪射击室、轻重武器、各种弹药和地雷系列展室；有舰艇模型、世界名枪和中国海军历代军服陈列室；有我国自行设计建造的鱼雷快艇、陆战坦克、红旗地空导弹、海鹰岸舰导弹、海军直升机、战斗机、对海雷达，以及岸炮、舰炮和高炮等大型展品。

八　白玉山塔

　　白玉山上有一座白玉山塔，既像一根点燃的蜡烛，又像一颗炮弹。

　　白玉山塔是旅顺的标志性建筑。这塔原名叫"表忠塔"，是日俄战争（1904—1905）结束后，日军为纪念兵士亡灵修建的。

塔高 66.8 米，蜡烛造型，取"长明不熄"之意，与北峰（也就是刚刚我们去过的海军兵器馆所在的山峰）日军建的纳骨祠相对。关于建塔意图，据说还有另一种说法，是为炫耀日帝"武运长久"。塔身从别的角度看很像炮弹形状。这白玉山塔是日本侵略旅顺大连的罪证，是中国人耻辱的见证，像一根刺在中国人心中的针。前事不忘，后事之师，希望这中国人心中永远的痛处，可以长久地警醒所有中国人，不要忘记这段耻辱的历史。

我们拾级而上，来到塔下，登塔的费用是 10 元，看着那么高的塔，有点眼晕，登上去会很累的。我们不想上去了，儿子开始也不想上去了，不过，我觉得既然来了，还是上去看看比较好，于是给儿子买票，让儿子上去了。我们两个围绕着塔转了一圈。

许多导游带队来这里观赏，我们也跟着蹭听。边听边居高临下观赏旅顺口、旅顺军港、老虎尾景区的美景。

白玉山坐落于旅顺口城区中心，旅顺港北岸，与黄金山、白银山、老虎尾半岛，围绕屏蔽旅顺，形成一圆形屏障。登上山，尤其是登上白玉山塔顶，可鸟瞰旅顺全景，军港及市区风光尽收眼底。东面为旧市区，西面为新市区，这座山成了新旧城区的分界线。白玉山原名西官山。传说1880年，李鸿章登上这座山顶，听说对面的山叫黄金山时，随口说道："既有黄金当有白玉。"此山由此得名。白玉山塔，"建于1907年6月，历时两年零五个月，于1909年11月建成"。

九　监狱博物馆

位于旅顺城郊元宝坊的日俄监狱博物馆，门票25元，学生半价，存车5元。这里属鸡冠山景区内景点之一，始建于1902年。后因日俄战争爆发，仅建成85间牢房和一座办公楼。其间，还曾做过沙俄马队兵营与野战医院。

这里也被作为爱国主义教育基地开放，这也是我们今天的最后一站。因为对这样的地方有一种恐惧感，我是坚决地不进去，只在外围看了一

看。儿子也感觉有点可怖，所以他老爸是首当其冲地作为陪同进去参观了。

我先进去买了票，他们把车停好后，我们一起进去。在纪念馆前各自拍了到此一游照，还拍了几张纪念馆的全景照，因为来参观的人不是很多，所以很容易拍到全景。然后，爷儿俩去参观了。里面也陆陆续续地出来了一些参观的人，也有刚刚来这里参观的，他们没有到纪念馆里面去参观，只是在外面拍了张照片证明自己来过。

等人的时间是无聊的，我把监狱的外墙和墙角的小炮楼拍了拍。里面的内容都是儿子拍的，展品很多。

据资料记载，日俄战争结束后，日本统治者又于1907年在沙俄监狱的基础上，将牢房扩建到253间，设暗牢4间，病牢若干间，15座厂房，占面积22.6万平方米。这座当时在东北地区较大的法西斯监狱，是由日本驻"满洲国"大使直接控制的，

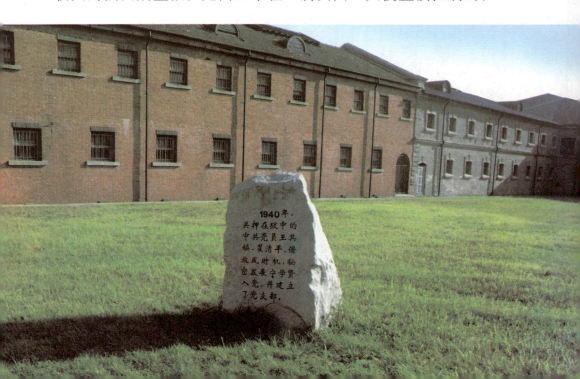

并曾几易其名。初称"关东都督府监狱署"，1920年改为"关东厅监狱"，1934年又叫"关东刑务所"，1939年称为"旅顺刑务所"。这里可同时关押2000多人，当年有许多爱国志士和共产党员及大批无辜百姓，都在这里惨遭酷刑与折磨。其中大多数为中国人，也有反战的日本人与朝鲜人。击毙伊藤博文（侵朝元凶，日本枢密院议长）的朝鲜爱国志士安重根，就是在这里被囚禁后慷慨就义的。究竟有多少人在此被害，已经无法估计。从1942年到1945年，仅在绞刑室遇难的就有700多人。

1945年日本投降前夕，日本刽子手在狱内疯狂进行秘密大屠杀，并销毁了所有的档案材料及各种罪证。自1971年起，当地文化部门根据广大群众要求，组织人力开展社会调查，并搜集和整理了大批历史文物和照片资料，利用监狱现场举办"帝国主义侵华罪行展览"。1987年，又在狱内原纺织工厂开辟了"日俄侵略旅大地区罪证文物特展室",展出了自 1894 年甲午战争至 1945 年沙俄、日本侵占旅顺地区期间的罪行照片、图表、碑石、实物 200 余件。

1988 年 1 月,经国务院批准,旅顺日俄监狱旧址被定为国家级文物重点保护单位。

十　黄渤海分界线

黄渤海分界线被称为世界奇观。

在去山东时候,我们也去看过黄渤海分界线,可是,什么也没有看出来。而来到大连旅顺老铁山景区的黄渤海自然分界线这里,你就会赞叹自然的奇妙,你就会知道不虚此行。

站在辽东半岛的最南端,下面就是一望无际的大海,而此处的海水却与别处不同,有一条明显的分界线,有五六米宽,颜色与两侧的不同,两侧是蓝色的,这条分界线是黄色的。分界线

两侧的海水流向是不同的，在交界处形成漩涡。一些木棍随波逐流，也有许多透明的海蜇顺着海流漂过去。我们还看见两只大海蜇，打开以后的直径足有一米多，一只是橙红色的，看来应该是老海蜇，毒性一定很大，要是让它给蜇了，一定会没命；另一只是透明的，看来应该没有那只红的毒性大。

这里有几个小的景区。统一门票是 25 元，没有学生票，停车费 5 元。除了下面我介绍的这些景区之外，还有"世纪姻缘壁""卧驼礁"景区，可惜没有注意到。

百年灯塔：位于老铁山西南，伸入大海中的一个海拔 86.7 米的夹角——老铁山岬上。塔呈圆柱形，高 14.2 米，1893 年由清政府海关请英国人主持建造。灯塔机构部件为法国制造，现仍为亚洲照度最强、能见距离最远的引航灯塔。该塔被国际航标协会认定为世界著名航标百塔之一。

炮台：命名为"定海、镇海二将军"的大炮是清道光二十一年（1841）为雾天过往船只导航而铸。灯塔建成后，即完成其使命。后曾被拆除。现修整复原，以供游客观赏娱乐。

一山担双海：站在此处，面向东南方，你便可以看到黄渤海分界线，你的左脚方向是黄海，而你的右脚方向是渤海。

佛手礁：因其形似手心朝上伸向大海，且手掌宽厚平稳，有如佛祖盘膝打坐时的右手，故得名佛手。

黄渤海自然分界线碑：2000年9月由著名书法家于植元先生题字的黄渤海自然分界线碑立于老铁山观海平台上。

张健入水点：2000年8月8日上午7时55分，北京体育大学教师张健在此下水，不借助任何漂浮物，历经50小时22分钟于山东省蓬莱东沙滩登陆，游程达123.58公里，成为横渡海峡的世界第一人。

鸟语林：老铁山是世界著名的"鸟栈"，每年春秋季节有200多种几十万只候鸟迁徙此地。观景区内的鸟语林内有孔雀、野鸡等20余种，供游人观赏。不过，现在这里养的鸟倒是不多，兔子却不少。

十一　军港公园

8月17日上午的第一站，是旅顺军港公园。

沿着海边的路，来到了军港公园门前，把车停在了路边，去买票。票是每人10元，包括军港公园5元，里面有个展览馆5元。路边停车费5元。

公园不大，从西门进去以后，先看到的是一些小摊儿和售货

旅顺军港

　　旅顺军港，门户天成，闻名中外，是世界五大军港之一。港口东西两山对峙，港内隐蔽性和防风性良好，战略上易守难攻。

　　旅顺军港，始建于1882年9月，耗银139.35万两，1890年9月竣工建成，号称"北洋第一军港"，成为清朝北洋水师重要根据地。1894年，中日甲午战争爆发，因清政府腐败无能，致使北洋舰队全军覆没。日本占领旅顺口后，沙俄勾结德、法制造"三国干涉还辽"，迫使日本退出旅顺口。1905年日俄战争结束，日本重新侵占旅顺，开始长达四十年的殖民统治。

　　1945年8月，苏军解放旅顺口。1955年撤离。旅顺军港正式回归祖国怀抱。

亭，卖的是一些纪念品和海产品。往前走是一只大狮子，大家都在这里拍照留念。大狮子下面是旅顺军港的介绍牌。原来，旅顺口最初是叫狮子口的。

　　在公园里所看到的军港、子弹库和老虎尾景区与昨天在白

玉山上看到的是完全不同的。让我不禁想起上个学期，我们四年级下学期数学课讲的所处的位置高低远近方位不同，所看到的物体形状完全不同，真是太有趣了。在这里完全看不出老虎尾的形状，看到的只是一个小岛。

军港公园最多看到的是军舰和军舰上的战士们，所以拍得最多的也是军舰。

展览馆也不大，进去进行了简单的参观，儿子比较感兴趣，仔细地看着那些展品。

十二　万忠墓

位于旅顺口区九三路 23 号的万忠墓纪念馆，是大连市重点保护建筑、全国首批爱国主义教育基地，免费对游客开放。

我们先参观的是纪念馆，里面有很多展品和图片，不过是不许拍照的，开始拍了几张，后来工作人员说是不可以拍照的，就没有拍了，只是慢慢地参观。没有讲解员，只能靠自己去看、去想、去理解。

参观完纪念馆，走出去是享殿和万忠墓，还有一门炮。我们走过去参观，还绕到享殿后面去看。

十三　苏军烈士陵园

　　好友的儿子强烈推荐苏军烈士陵园，所以，我们就奔这里来了，其实，这个景点离太阳沟的那些景点也不太远，很快就到了。

　　这个景区是免费的。把车停好，就进去参观了。

　　走进景区，最醒目的是"苏军纪念塔"，高大的塔身，那个站在基座上的苏军战士，身披披风，头戴钢盔，双手持枪，威风地屹立着。基座很大，其实那里是旅顺苏军纪念馆，纪念馆的门在纪念塔的后面，正对着陵园的大门。

　　陵园很大，我进大门以后，在墓前广场这里走一走，他们父

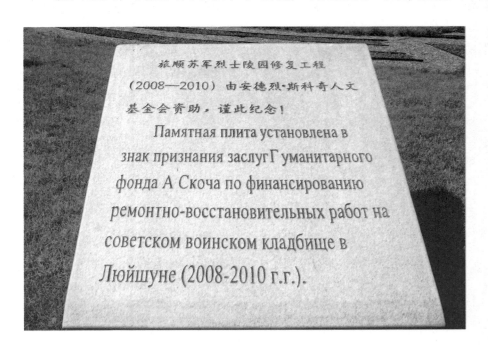

子俩进去走了一圈。

　　墓前广场宽阔，墓地庄严肃穆，甬道两侧林荫遮盖着陵墓、碎石，墓地中央的苏军纪念塔，耸立在蓝天白云之下，显得雄伟恢宏。

　　墓地分为几个区，不仅有苏军烈士墓，还有眷属的墓地、飞行员墓地、红军墓地、沙俄墓地、露兵墓等。

　　正对墓地大门，与苏军纪念塔遥相呼应的是苏军烈士纪念塔，再向里，在一条线上的第三个是日俄战争纪念塔。

　　在西北角上是保存完好的"旅顺阵殁露兵将卒之碑"。

　　这些都是日俄战争历史的见证。苏军烈士陵园作为爱国主义教育基地，在历史的长河中演绎着自己的沧桑。

十四　影视基地

距苏军烈士陵园 3.5 公里，是二○三景区。

二○三景区据说没有什么特别可以看的地方，只是 203 高地和大炮，如果春天来，可以看樱花，这是一景，每年都有樱花节。我们开车过去，没有什么游人，偌大的停车场空空如也，景区售票点门可罗雀。

看到这个情景，我们还是原路返回了。

返回的路上，路过《闯关东》影视基地，开车进去转一圈，在外面看了一下，算是车游吧。也不知道是不是收票，想来是收的。不过现在外面临街的都是饭店之类的商铺，生意还很红火。

承 德

阴霾落雨 心却似飞箭奔前程

出发的早晨，我们都起得很早，四点多就都醒了，开始把要带走的东西拿到一起，洗漱完毕，搬起东西下楼。

车上二环，走沈阳长途西客站，到北李官收费站，向沈阳高

速西站收费口开去。很快到了沈阳西站，过了收费口，取了卡，进去，赶紧系上安全带。

我们一路飞奔，到辽中服务区，休息，然后换我做司机了，做司机不是我的梦想，真的。可是，我必须得做个替班司机，否则乐爸会太累的。凌海服务区，再次休息，然后，换成乐爸做司机。

从进入朝阳界内就一直在下雨，从这里开始下得大起来了。

雨刷不停地刷着，路边的景物飞快地向后移着。路况很好，车又特别少，过了好久才会看到一辆车。简易服务区，停车休息，又得我开车了。雨开始还下得很大，可是，渐渐地越来越小了，后来就没有雨了。

三十家子服务区了，要进河北境内了。换乐爸当司机啦，太好了，下雨天在高速上开车，还真是觉得有点怕。又开出了一阵

子，要出辽宁了，到了三十家子收费站，得收费了，两个省各收各的。先把辽宁境内的交完，再重新领卡，进入河北境内。收费200元，400公里多一点，一公里0.45元。

到河北境内了，雨不再下了，山头上云雾蒸腾，青山之间红顶的房子红绿相映，特别漂亮。沿路观赏着异地的景色，心里很惬意。过了一会儿，雨又开始下起来了，但还很小。就这样，一会儿有雨，一会儿没雨的。雨一会儿大一会儿小，一直在伴随着我们，倒也不显得寂寞。一路上的好风景，虽然阴雨蒙蒙，却也别有风韵。

一路上好多隧道，都是从山里挖出来的，我不禁想：人真是厉害呀！到承德了，从双峰寺出口下高速了。收费45元，100公里多一点。接下来走G111国道、双峰寺隧道，进入承德。

路上的景色不错哦，也没有下雨，还说承德大雨呢，根本没有下啊！兜兜转转我们来到了承德市内，远远地望见了避暑山庄。

想先找地方住下，然后再去游览。正好路边就有一家酒店，可是，进去一打听，太贵了，三标间888元，打了折还要660元。和乐爸商量一下，算了，先走了，去避暑山庄，游完山庄再找住宿的地方。

临风沐雨　飘飘荡荡在避暑山庄

我们寻着路来到了避暑山庄的停车场，嗬，这里的车好多啊，这样的天气怎么也这么多游客啊！

　　来到山庄的售票处，先生还想让我找带团的导游，请她帮忙买几张票，可是，人家已经买完了，只好作罢。这时候，天开始下起雨来，还越下越大，我们就开始买票，走了几个窗口，最后买了联票，这联票是四个景点：避暑山庄120元、普宁寺80元、小布达拉宫80元、磬锤峰50元，原价一共330元，联票300元，每人省30元。

　　拿了票冒雨进去参观。

　　这雨时大时小，一直就没有停过，因为有雨，游览得倒也不错，可以慢慢地走，慢慢地看，不必担心大大的太阳照下来，没有汗如雨下。

　　我没法分清楚这些照片哪一处是哪一处，所以，就按照我行走的脚步来上照片吧。这些照片不太好，甚至有些模糊，但是，正如我在梦里霞客大哥的博客里面所说的：我们在意的是分享你旅行的快乐，不在意照片是不是糊了，因为我们只是在记录生

活，而不是专业摄影家。虽然，我们得照顾大家的眼睛，但是，在旅行途中，我们无法把所有的照片都拍得精彩。

俱往矣　一朝王室成旧事

皇家园林的大气，在这里还未体现得淋漓尽致，只是，有的同学说，避暑山庄想必会凉爽些，我想应该是的，因为到处都是长廊，不怕风不怕雨，也不怕太阳，并且院子里面那些参天的古树、硕大茂密的树冠，一定会在太阳底下投下一片片阴凉儿。

封建帝王是会生活的人，建下这样的避暑之地。不过封建帝王再奢华，也还是生活在几百年以前，比起当今，他们也是望尘莫及的。就拿下面我们去看的慈禧太后在避暑山庄的小院子来说吧，也不过是那几十平方米。陈设虽说在当时应该是最好的，但

十九间照房
The Nineteen Rooms

　　是帝随侨人员备差之所，以此为界，南为前朝，北属居寝，中设佛盦三间，乾隆御题"宝筏喻"，取自李白诗句"金绳开觉路，宝筏渡迷川"，寓意佛法无边，犹如珍贵的航船载人渡过险滩。

　　These are rooms for the Emperor's servants as a border, the south of the rooms is the court, and the north of the rooms is the residence. There are three family hall for worshipping Buddha in the middle, Emperor Qian Long entitle it as "the Paraphrase of a precious ship", taken from Li Bai's poem "Golden Rope opens the feeling Road, precious ship crosses the River", meaning the boundless Buddha's power, like a precious ship, will take mankind through the dangerous river.

是现在看起来也不值一提。如果她能够穿越一次来到 21 世纪，那一定是乐不思蜀了。

慈禧的戏袍蛮大的哩，不知道她穿起来会是个什么样子，看的时候我奇怪，慈禧有那么大的个儿吗？身材有那么魁梧吗？不得而知。

岁月流转　多少故事浅吟低唱

上次的西所，是慈禧太后住的地方。今天这里是皇帝住的地方，其实，皇帝住的小屋子，也不过就是这么大，细长条儿的炕，代表着长寿。不过，皇帝长寿的有多少？不清楚。

皇帝住所的东跨院儿是东所，那是慈安太后住的地方。现在也都是做了展室，进来参观的人很少。

东西两宫皇太后，垂帘听政创造了大清朝史无前例的一段，

多少丧权辱国的事一点点在延续。

那座戏楼倒是独特，没有楼梯，要上二楼得从假山拾级而上，那假山如云，代表着皇帝是真龙天子，腾云驾雾般的感觉啊，亏他们怎么想得出来！本来俺也想感受一下腾云驾雾，可是，游客止步啊！无奈绕路而

行吧！

岁月流转，我们在先人留下的故事里浅吟低唱，无论是非与功过，都在后人评说。

继续游，继续走。举着雨伞游览的游人还真不少，到处都是人啊，这么大的雨都没有让人们望而却步，如果是晴天的话，真是不敢想象啊！

很快就到博物馆的出口了，儿子还意犹未尽，于是，我们又折返回去。东面还有个院子没有去看。又走了半个多小时，这里相对来说就没有那么多重要的展品，只有一些玻璃器皿什么的。这里的游人也特别少，我们也只是走马观花地看了看。

雨打莲叶　荷花红透雨中秀

避暑山庄的博物馆我们游完了，出来接着游园林。

许多游客在导游的游说下选择了坐游船，儿子也动心了，想坐游船或者是游览车。我们在地图前面看了半天，感觉许多景点看起来确实很远，不过，坐船坐车每人都是五十元，我觉得有点贵，并且天也不热，决定还是坐我们的"11路"比较划算。事实

证明，我的决定是多么英明啊，因为每个景点之间的距离实际上很近，是那地图画得有误。

我们先走如意湖边，在一个亭子里面，儿子和先生坐下来休息，我便到湖边去拍雨中的荷花。荷花开得还不多，看来今年荷花的花期是有点晚的。

雨中的荷花水灵灵的，特别是荷叶上滚动的水珠儿，那么晶莹剔透，在叶柄上的荷叶接满了

水，承受不了水的重量了，便向旁边一斜，水"哗"的一声就倒了出去。

游皇家园林才刚刚开了个头，还有好多景点在后面。

雨打莲叶，荷花红透雨中秀。

对于那些样子都差不多的亭子啊、楼阁啊，看得真是有点腻歪了，不过这些花，还是让我看着喜欢。蹲在水边猛拍，可是，因为担心儿子和先生不耐烦，还是忍着，拍拍就算了。

其实，很多照片都想省了，可是，却又有很多不舍，亦如在人生中的某些记忆，本来大可不必记住，却偏偏难以忘怀。

蒙蒙水云，往事如烟萦绕心间，剪不断，理还乱。

在湖边走来走去，烟雨迷蒙中的亭台楼阁散发着水汽，水里的荷叶怀抱着水珠儿，荷花被雨打得垂下了头。透过雨幕，用你的心去看景色，美好与凄凉都在你的一念之间。

雨打青莲　多少楼台烟雨中

南朝四百八十寺，多少楼台烟雨中。

这一集主要内容是烟雨楼。烟雨楼，仿浙江嘉兴烟雨楼而建，并同名，是山庄内最晚的建筑之一。烟雨楼建在青莲岛上，南与如意洲隔湖相望，曲桥相通。

电视连续剧《还珠格格》就是在这里拍的，小燕子在这楼上飞上飞下的。不过，这里楼之间的空地并不大，感觉很拥挤，不知道那么多人在这里拍戏怎么会没有窄小的感觉。

历经风雨　飘飘摇摇永佑寺

　　在公园的浏览图上看永佑寺的方向，路貌似很远。可是，经过我们的实际丈量，路并不是很远，一路上经过几个景点，说说笑笑就走到了。

　　路上经过的那个春好轩是不对游人开放的，旁边还围起来在修建什么。不过，我还是跑过去看了看，因为春好轩的窗台上趴着猫，一只黄色的，还有一只白色的。先生说是两只猫，儿子说是一只猫，我也看不清楚，觉得是一只黄猫，那白色的是什么东

西被黄猫枕着睡大觉。所以，我就走过去看个究竟，远远地拍了张照片，等我走近一点，那只白猫"唰"地一下就跑了，原来真的是两只猫。

永佑寺里面没有僧人，也没有什么香火，并且已经破旧不堪了，有的房屋已经拆掉，只剩下基座，寺内的墙也拆没有了，剩下的几间禅室也在风雨中飘摇的感觉。那舍利塔是可以登上去的，先生带儿子上去了，我在下面看着，没有登上去，有点懒惰。

寻寻觅觅 热河源情深深雨蒙蒙

离开永佑寺，便来到"世界上最短的河"——热河。其实，这是热河的源头，因为地下有温泉，故而冬天不结冰，不过流过十几、二十米远的地方就开始结冰了。

　　热河这个名称来自蒙古语"哈伦告卢"，意思是热的河流，流经承德市的武烈河，上中游有温泉注入，故而冬日非严寒而不封冻。冬日清晨，水汽遇寒冷空气而凝结成雾，故称热河。

　　走过热河，大家都留影，还去玩那大水车。

　　然后，经过金山岛，来到下一处景点"月色江声"。这一处也有三进院子，进去走一圈，里面还有避暑山庄建筑模型展，不过，没有光线，根本看不清楚，大概是游人不多，也没有开灯。

寻寻觅觅古今意　风风雨雨山庄情

话说在避暑山庄游玩了有四个小时，真是寻寻觅觅古今意，风风雨雨山庄情。

走出山庄，向存车的大叔打听住宿便宜的地方，大叔一指山庄斜对面不远处，那红楼南面的胡同里面，有好多个体旅店，很干净，价钱也不贵。谢过大叔，我们开车过去，那里便是柴场胡同，里面果然有好多旅店，最后，我们选定一家家庭旅店，在小区里面的二楼，很干净，我们住的房间有四张床，有空调、数字

电视，还可以免费无线上网，美中不足的是公共卫浴。价钱还算可以，一天160元，小区内存车5元。

安顿好了住宿，我们出去找吃饭的地方，走出挺远的，在一个胡同里面有个市场，有很多饭店，菜嘛，味道不错，可是有点贵，景点嘛，贵就贵些吧。

风光旖旎　清晨游武烈河美景

在旅店睡得很好，一夜无话。

第二天早晨，5点多就起来了，先生和儿子还在睡觉。我洗漱完毕了，先生起来了，我说出去走走，先生和我一起走。

我们从院子里出来，向左走，就走到了武烈河畔。

　　武烈河，清澈碧绿，缓缓流淌，点染了承德的旖旎风光，给那里的山峰、寺庙、园林增加了许多光彩。据资料记载，武烈河有三处源头：十八尔台河（又名固都尔呼河）、茅沟河和赛音河。3条河沿途汇合了默沁、汤泉等温泉，弯弯曲曲绵延

96 公里，流经几多青山小城，灌溉了多少绿野良田。

　　沿着武烈河，我们一直向东走，走到了一座桥上，那原来是铁路桥，现在改成供游人步行的步行桥。河边很多人，有晨练的市民，有好多钓鱼爱好者，也有一些观景的游人。

　　我们从桥上走过，现在沿河向西走，边走边观赏承德的美景。

　　看不够的武烈河风光，说不尽的承德美景。

　　武烈河一岸山青树绿，一岸高楼林立。倒映在水里的青山绿树、高楼大桥真假难辨，蓝天白云直觉天空高远。

　　晴天，让人觉得心胸开阔，不过，倒是觉得承德的太阳好似离我们更近些，阳光更强烈些，而且才 5 点多就这么热了。

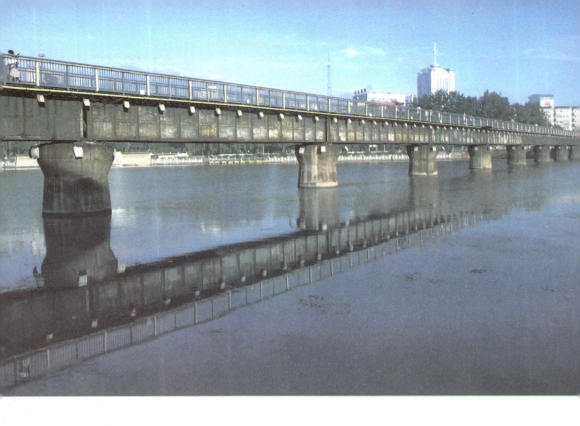

金光闪闪　雕工精细普乐寺

早晨，从武烈河逛回旅店，儿子还在睡着。把儿子叫起来，准备出去吃早点，然后好去磬锤峰景区。

老板给我们换了个房间，原来这间是四人间，连着外面的平台，他们总要通过这间房出去晒衣服、被单什么的，南面有一间三人间腾出来了，我们就换进去了，房间是小了一点，不过设施齐全，也不错。

我们没有开车，因为存车费很贵，就坐公交，公交很方便。我们住的这个地方是公交枢纽，到各个景点都要从这里坐车。我们坐十路公交车到索道站车站下车。

走了一段路，来到景区的售票点，打听了上山的路，没有坐索道，一路走上去。

到磬锤峰要先到普乐寺，反正也不着急，就慢慢地游普乐寺。

逶逶迤迤　棒槌山峰回路转

　　游过普乐寺，我们继续上山，经过一个亭子，叫观岚亭，在群山之间，走得累了，在亭子里面休息一会儿，是个很不错的选择。再继续走，就是右龙背。

　　在山下看的时候，不觉得怎么样，可是，走起山路来就觉得很远了。山下饭店的老板娘说半个小时就上去了，可是，我们走半小时才走多远呀？真的很累，好不容易走到了"蛤蟆石"，它长约20米，高40多米。远远看去还真像一只要跃起的蛤蟆。在这里吹吹风，休息一会儿。蛤蟆头探出悬崖，腹下有南北两个空

洞，洞室南北相连，东西贯通，南洞最大，高1.8米，宽8米，纵深9米。南洞比较大，但是洞内很低，大家都从洞里面钻过去。

在这里休息好了，一鼓作气再爬400米的三级登上磬锤峰顶。好多人啊，大家都在这里拍拍照，去摸一摸那块石头。磬锤峰为承德名山之一，在峰峦起伏的山间，磬锤峰孤峰拔起，犹柱擎天，与峰峦洞壑、宏伟的寺庙、山庄的园林、巧妙地融为一体。

磬锤峰神话故事很多，有人说，很早很早以前，承德一带是汪洋大海，磬锤峰处是海眼，岸边人以捕鱼为生。有一个海怪经常出来吃人，一个小伙子为民除害，用鱼叉扎瞎了海怪的双眼。龙王大怒，将小伙子擒入龙宫绑在后花园，准备剖腹挖心。龙女路过见小伙子眉清目秀，威武不屈，遂产生爱慕之情，决心

搭救。于是就盗取了龙王的定海针，带小伙子逃出了龙宫。龙王派兵追赶，龙女便甩出定海针，将海眼堵住，这里就渐渐变成了陆地，龙王无奈就逃到别的大海去了。龙女和小伙子结了婚，日子过得很美满。玉皇大帝知道以后就派兵来抓龙女，龙女宁死不屈，被点化成桑树，栽在定海针即棒槌山半山腰上。现在这棵桑树还年年结出桑葚，色白，个儿大，味甜。老人们说，若是能吃到它，年轻人长生不老，老年人返老还童，有情人终成眷属，蜜月夫妇能白头偕老。

宏大气派　皇家寺院普宁寺

　　从棒槌山下来，我们已经很累了，正像儿子说的那样，我们家没有坐索道的习惯，因为，一是索道很贵；二是先生晕高；三是觉得既然是来爬山就必须用自己的脚来丈量，还能够锻炼自己的意志，更能看到更多的风景。所以，我们上山不坐索道。而下山的时候要是坐索道就觉得更不值了，上山都走上来了，下山怎么也不会有上山那么累啊。于是，一路走下来，事实上真的是下山比上山轻巧多了，但是有一个问题，没有水了，很渴。半山腰

的时候有卖水的，矿泉水要五元，儿子说不买；到售票口的时候买了瓶饮料五元钱，山下的矿泉水两元。

本来说好回去的时候要打车的，可是，山下的出租车要二十元回承德。这里到承德只有几站而已，据旅店老板说打车的话最多不超过十元，所以，我们就没有在山下打车，想在路上打，可是，一直走到公交站也没有出租车，于是，我们还是选择了坐十路公交车回去。

中午在旅店附近的小店里吃了饭，然后，回旅店休息了一阵子，一直到 1 点多，我们才出门。依然是坐公交，去普宁寺的公交有 6 路和 26 路，26 路先来，我们就坐 26 路去的。

很快到了普宁寺，下车之后，我们看到前面古色古香的，就直向前走去，感觉有点像沈阳的故宫博物院。可是，没有游人，仔细一看，啊，原来是饭店，这饭店弄得跟古建筑没有分别，不会是普宁寺的寺产吧？打听了一下，我们折返，走不到五十米，向左，便看到好大的停车场和广场。一路走过去，很多佛教用品商店，这里门市定是寺产了，走了一二百米到了寺门口。

普宁寺真的是好大的寺院，中间是寺院的主体，左边是客堂和僧众居住的地方，一大片房子，有几百间。右边也是同样的，不过这里叫作普宁街，是做买卖的地方了。

普宁寺的山门很气派，中国式的红墙碧瓦、四角飞檐、雕龙画凤、金碧辉煌，哈哈，所有形容中国古建筑的词语都可以用上吧。

验票进去，开始参观普宁寺。

凄凉冷清　被人冷落的普佑寺

　　与普宁寺的辉煌灿烂相比较起来，在它东边的普佑寺，就显得凄凉而冷清了，游人也基本上没有人去那里参观。我们三个人走到门口，先生和儿子也没有进去，只有我一个人进去走了一圈，很快就出来了。

普宁街　尽显清文化魅力

　　普宁街在普宁寺和普佑寺的中间，其实应该是属于普宁寺的。普宁街位于普宁寺东院，占地4000平方米，是一条具有清风清韵的文化商业街。

　　它傍临普宁寺，既有皇家寺庙风范，又不失主体寺庙的藏式风格。在这里，游人既可欣赏到失传多年的清代民俗表演，又能购买到文化气息十足的古玩字画、蜚声海内外的江南织锦绸缎、玉器奇石、名茶、土特产品。

普宁街的工作人员一律着清代服饰，按清式礼节为游客服务。据说顾客购买商品时需要兑换清钱币，使人产生穿越时空重回清代的逼真感。不过，我买了一把扇子，花了十元，没有兑换清钱币，也是用的人民币呀。

小布达拉宫　普陀宗乘之庙也

　　小布达拉宫，其实叫普陀宗乘之庙，它位于承德狮子沟北侧，占地面积 22 万平方米，是承德外八庙中规模最宏大的。始建于乾隆三十二年（1767），是乾隆为了自己的六十大寿和母亲的八十大寿而建的。

　　它的建筑是完全仿照布达拉宫的，只是缩小成了它的三分之一。乾隆时期，是各民族空前团结的时期，乾隆爷的六十大寿和皇太后的八十大寿，各族首领都集中到这里来进行庆祝活动。

从建筑中也可以看出当时的民族政策，避暑山庄古朴清幽，而八庙却气势宏大，金碧辉煌。特别是这小布达拉宫，光是这金顶就用去黄金两万多两。金顶上层保存完好，下层被日本侵略者用刺刀刮去，当时日本侵略者对中国古建筑的破坏可见一斑。

还是小布达拉宫，这里是看戏的地方，有戏台，还有看台。戏台的两边还各有一顶轿子，游人有的过去坐坐，有的过去抬抬，都在拍照。

在这里稍稍休息一会儿，我们原路返回，再从左侧的旁门离开小布达拉宫，那里有电瓶车，可以把游客拉到班禅行宫。我们在候车点等了半天，人太多了，估计再来三趟车我们也坐不上，反正路不远，就决定步行过去。

　　路两边有很多摊点在卖纪念品，买了两个转经轮，准备送给同学的孩子。后来又看到卖扇子的，讲价，十五元买了两把，但是这两把显然是没有普宁寺买的精致，但是质量也是蛮好的。

　　小布达拉宫就介绍到这里了。

班禅行宫　即须弥福寿之庙

　　我们来到班禅行宫，也就是须弥福寿之庙。

　　须弥福寿之庙和小布达拉宫一样，也是从山脚开始依山势而建的，主体是三层的大红台。但是，这里没有开放很多，只是在外面看一看，上琉璃万寿塔去转一圈，据说是增福增寿，其实，所有的一切都是虚无的，都只是人们的美好愿望而已。在万寿塔转转之后，又去拍金顶，上这里来的人已经很少了。

　　这班禅行宫比起小布达拉宫来气势小了很多，如果不是和小布达拉宫捆绑，我想来这里的人应会寥寥无几。其实即使是捆绑的，来这里的人，也显然要比小布达拉宫少很多。

温馨小城　承德夜色无限好

　　傍晚的武烈河沉浸在一片祥和之中。

　　我们从班禅行宫回到旅店，休息一会儿，洗一洗一天的尘土，然后，去前一天吃饭的地方，儿子很爱吃那个鸡块，又点了鱼香肉丝、两碗米饭、一瓶饮料。像儿子说的那样，这里的饮料确实很便宜，两升的只要十元钱。

　　晚饭后，我们没有回旅店，而是在承德市里逛逛，其实是没有目的地乱走，走到哪里算哪里。

　　承德的夜很美，大概因为是旅游城市吧，晚上街上的人也很多，不时会有相识的人在大声地打着招呼。小城给人一种难得的温馨感觉，想如果我们一直住在这样的小城市里也是一种很不错的选择。

　　我们在承德的街上走啊走啊，一直走到走不动为止，回到武烈河边的路上，打了车回住地。其实，我是很想从武烈河边走回去，拍拍武烈河夜景的。可是，儿子的样子好像很烦了，所以，还是打车回去了。

　　到了旅店，我还是让他们先上去，我自己跑到河边去拍了几张武烈河的夜景。这里的夜景很宁静，和先前上车时的地方截然不同，那里有很多市民在锻炼，在游玩。

　　回到旅店，把我们的房间拍一下，因为第二天早晨就要离开了，当然要留念一下了。

　　承德是座美丽的城市，也是一座历史名城，它给我留下的印象很深，我想我还会再来这里的，一定要多住几天，把所有的景点都要走遍。这只是我心里的想法，不过，我想会有那样的时候。

坝上草原

一路飞奔　心向草原天渐晴

早晨很早起来，和老板娘退了房。开车到胡同口，外面下着雨，我们在街边吃了简单的油条、豆腐脑，然后出发，奔向心中的草原——承德坝上。

"坝上"是一个地理名词，特指由草原陡然升高而形成的地带，又因气候和植被的原因形成的草甸式草原，现泛指张家口以北100公里处到承德以北100公里处。

坝上草原在河北省西北部，内蒙古草原的南端。坝上草原在北京的正北，是距离北京最近的天然草原，又名"京北第一草

原"。而承德坝上，位于围场满族蒙古族自治县，木兰围场是一个泛称。从具体意义来讲，由御道口草原森林风景区、塞罕坝国家森林公园和松洼国家自然保护区三部分组成。

车里的油不多了，我们准备加油。可是，这里的中石油加油站都是7点才开始上班加油，7点之前必须得用加油卡加油。开出好远，我们才找到一家航油加油站加了油。

我们一路向围场满族蒙古族自治县开去，一路奔向草原。承德县境内正在修路，有些难走，车速很慢，上了国道就很好走了，用了三个多小时，我们开到了塞罕坝森林公园门口，天也渐渐晴朗起来。

初至坝上　掠过塞罕坝景区

远远的，我们望见了塞罕坝国家森林公园的大门了。

把车开到售票处附近停下来，不急着买票，先去解决一下内急，顺便了解一下情况。这时候，好多野导围上来招徕生意，一天 100 元，说每个景点之间都要二十几公里，而且很不好找。要是依我就找个导游了，可是，乐爸不同意，于是，我们就买票，又在售票处买了本地图，公园的票价为每人 130 元，地图 10 元，三张票加一张地图正好 400 元。

按图索骥，我们第一站就到了塞罕塔景区，其实挺好找的。

把车停好，我们进景区，没想到要上塔旁边去，来之前，我们就做好了功课，知道上塔也不过是登高望远。攻略上基本都说这里上塔还要另外买票，25 元一张，感觉不值。那就算了，既然别人都说不好看，就远远地看看得了。

往里走了一段，里面有收门票的入口了，向里面张望，看不到塔的。但是，多数的游人还是选择走到这里看一看，拍两张照，证明来过塞罕塔了，就折返回去了。

我们也和大家一样，回去上车，接着向月亮湖进发。

月亮湖美　御道口草原森林风景区

到月亮湖啦，这里属于御道口草原森林风景区，是承德避暑山庄外八庙国家级风景区。

月亮湖的景色真的很美啊！看一眼，你就会被深深地吸引，迫不及待地想扑到它的身边。湖边的小路看起来很泥泞，而两边的白色石头栏杆外面是湿地，没法通行，只能从小路上走过去。

　　小路本来是石头铺成的，但有的地方已经露土了，经水浸泡后已经变得很泥泞了，有的地方还有积水。还好，我们是穿着凉鞋的，于是不怕湿、不怕泥了。

　　沿小路一路走，一路拍，一直来到了月亮湖边。广阔的水面，蓝蓝的湖水，和蓝天一个颜色。岸上碧草青青，远处的原始森林看起来那么浓密。湖中小船漂荡，湖边，人们租来民族服装在草地上摆着各种美好的姿势，留下美丽的身影。

　　湖对岸，像风车一样的风力发电设备，让人觉得静谧。几匹马在湖边的矮树下悠闲地啃着青草。天地之间，一切都显得那么安静祥和。

　　还有很多娱乐的项目，最吸引我的是草原上的野花，还有那

些用野花编成的花环。我真心想买一个花环，可是，乐爸不让买啊。于是，我自己动手编了个花环，也挺漂亮的呢！事实证明，乐爸是正确的，这花环的寿命真是短啊，放在车里没两个小时就干了，弄得车里到处是碎片，后悔啊！

这里的马就不要骑了，每人50元钱，说是可以骑一个小时，可以自己骑。可是，你上了马就有人牵着，只带你走到山坡上就回去了，连半个小时都不到呢。幸亏我没骑，我去编花环了。他们骑马骑到的时候，我也到了，而且还一路上拍照、采花、编花环呢！

乐乐要玩那个像蹦极的玩意儿，乐爸害怕，说什么也不让玩，其实，我是想让乐乐玩的。乐乐小学的时候，我带他去大连，就在老虎滩玩过这个了，貌似那个没有这里的蹦得高，这个要更刺激一些。

月亮湖游玩，以他们爷俩儿骑完马告一段落，继续向下一个目标进发。

风景独好　走错了路的美丽

从月亮湖景区出来，我们的车一路爬坡，直上到海拔两千米左右。有的地方的坡很陡，弯又很急，这样的路很可怕。不过，乐爸的车技还是很不错的，我坐在车上从来不担心，只管一路欣赏美丽的风景就好。

我们很快到了服务区，服务区的景色好美呀！可是，我们想去秋狝文化园，还有泰丰湖、七星湖景区，回来再到服务区看美景。于是，按照地图，过了小桥继续走。

车开到一个类似景区大门的地方，还有检查站，我觉得这好像是南门了。可是，乐爸说出去看看再说，反正还能回来，我们是一票到底，没有人再去收你的门票钱啦。想想也是，说不定我们可以遇到不一样的风景呢！

就是这出去看看再说，一下子就出去了几十千米，可是，我们看到了很美的风景。远处黛色的青山绵延起伏，远近色彩不同。近处的草地上颜色各异、品种不同的野花在招摇着，我高兴地采集着野花，把它们编成美丽的花环。

最喜欢看草原深处的树，特别是一棵兀立着的，似一个孤独的灵魂，守护着一颗寂寞的心，在遥望，在等待……

几十千米的路，处处是风景，可我们也很悲催地发现，原来我们走错路了，再向前就要开到回承德的路上了。于是，我们掉头，再次从南门检查站那里回去，回到服务区再重新上路。

金莲神树　路遇小景也怡人

路况很好，车也很少，我们很快就回到了服务区，从那里继续走。我们来的景点是"金莲映日"，金莲我们从来没有见过，今天算见识到了。不过，这金莲花很小啊，而且也很少，稀稀落落地在草甸子上开着。其他的野花倒是开得很繁盛，一簇簇、一片片，到处都是。这景区也不小，有一条条木栈道似的木桥通向

远处，远处有几个小亭子，在草原上兀立着，显得孤寂而宁静。

　　此处的游人比较少，都是进了门，取个景，拍个照。少数游人会顺着木桥走到远处去拍照。

　　我们觉得这处景点只在门口看看就可以了，还是赶往下一个景区比较重要。

　　在路上，我们遇到一棵"神"树，有人在那儿拍照。我们也下车去看，确实长得挺怪的，年头也长。满身的"皱纹"，扭曲的纹理，好像在向人们诉说着它千百年的沧桑。树疤处皱成了一张特别像猴子的脸，一只眼睛突出，一只眼睛凹陷，还有长歪了的鼻子和嘴巴，那嘴巴张开着，大概是在给游人讲述着这人世间的变迁。

　　神树的树干如此生动，年代久远的古树，却是树冠庞大、枝繁叶茂，似正青春年少。经过这里的游人无不为之动容，心情也

豁然开朗了许多。想这古树经过风吹雨淋，却依然执着，是这样
矗立在路边等着有缘人从树下走过，福泽每一个曾经擦肩而过的
众生。

这样的路遇小景倒也怡人。

木兰秋狝　让人有些失望的地方

走了二十多公里的路，我们来到了秋狝文化园。

首先看到的就是这个大门，上面有"秋狝文化园"几个字，
好多游客坐在门下面的阴影里疲惫地吃着东西。

门外就是这些刀枪剑戟的兵器架，门里就是一些牌子，上面
介绍文化园、介绍满族的历史等。

其实，这里并没有什么我们心目当中所期盼的景致。不过，
远处的沙漠却是极好看的。还有，不知道这里为什么会写着"滦

河源"几个字。还有就是漂流了，好像叫"十八湾"，好多游人穿上救生衣准备去体验惊险与刺激。

在这里没有仔细看什么，因为对这些不是很感兴趣，最主要的是乐爸吵着说饿了。我就去饭店看看菜牌，打算带他们吃饭，可是，乐爸嫌太贵，说什么也不吃。闹得我异常郁闷。不吃就不吃，反正我也不饿，出发，接着往回兜。

人家都饿了，我开车吧。这段路把我开的，紧张透了。上坡还好说，慢慢爬呗，可是，下坡太吓人了，坡陡咱不说，还急着拐弯儿，眼看着一辆超到我前面的车冲进树林的小道上。我的个天，乐爸说二挡下没事，不用踩刹车，我可不敢，一直就是踩着刹车慢慢下去。

飘过泰丰　直奔滦河的源头

到了泰丰湖的时候，眼看着就要下雨，也就没有什么心情下车，只在远处看看，拍了几张照片。湖边上很多车，有人在拍照，也有人在垂钓。因为阴天，景色也就大打折扣了。我们也不知道里面是什么样子，因为也没往里面去，就顺着小路直接去了滦河源头了，事实证明这样走是错误的。

　　去滦河源头的路不是很好走，可以说很难走，都是土路，很窄。车在路上跑起来，就满天的灰尘。路实际没有多远，但是开了很长时间。天气又不太晴朗，所以感觉灰灰的，心情也随之有点灰暗了。

　　滦河源头是人造景点，立了块石头，上面写着"滦河源头"，一边的木桥被铁链锁住，不让游人上去。以为是为了安全，不上就不上吧。另一个入口却开着，远处的小亭子里面还有人在拍照，我就跑进去拍照。可是，回头看乐爸和乐乐都没进来，回来问他们为什么不进来，乐爸说这里是要收费的，在外面看看就行了，又没有兴趣拍到此一游照，就不进来了。原来这里是要收费的啊，我说怎么这里的游人特别少呢，还以为自己捡了个大便宜呢！

河源頭

　　收费景点呀，这可得多待一会儿，总要物有所值不是，要不然多不划算啊！呵呵。可是，总不能不出去吧！进来的时候没有人告知你要收费，可是，出去的时候就有人收钱了，对不起，每位五元。给吧，谁让自己不小心，跟他要个收据！这也是给他们留下一个证据，以后要验证一下这里是不是可以收费。尽管知道这是没有用的想法，而且收费也只有五元，可就是觉得不应该收费。

这里的景色和其他地方看到的草原湿地景色差不多，没有什么特别的，这么火爆的原因就是这里是滦河发源地。倒是娱乐项目蛮多的，骑马、射箭、套圈、草地摩托……那个类似蹦极的东西，是张双人椅子，把人绑在上面，然后就飞到高空去上下地转。一会儿天上，一会儿地下，很刺激，坐在上面玩的人大声地叫着，或许是为了减轻恐惧感吧。还会在上面翻转一圈再下来，有些人的钱都飘下来了呢！乐乐很想玩那个，我也很想让乐乐去玩，无奈乐爸害怕，说什么都不同意。不玩就不玩吧，看了一会儿，决定上路。

本来从这个大门过去，就可以直奔红山军马场的，可是因为我现在实在没什么心情了，而且乐爸和乐乐对草原也不太有兴趣，并且我们还没有去七星湖湿地公园，就决定不去红山军马场了。回去去七星湖湿地公园，然后在服务区吃饭，再经赤峰、朝阳、阜新，回家。

明星景区　七星湖湿地公园

七星湖湿地公园，原名叫火泡子。在群山环抱的 100 万平方米的湿地范围内，分布着大小不等、形状各异的七个天然湖泊，从空中鸟瞰，其形如天上的北斗七星，七星湖便由此而得名。

到这个景点的门口，我们家乐爸说什么也不进去了，说要在车上休息，弄得我也没心情了。若不是乐乐在那边等我，我也不想去了。

追上乐乐，在公园门口拍了几张园门照。可是，人太多了，大家都要拍到此一游照，所以，我不能拍到特别正的园门，也只能这样侧面拍一张了。

走进园门，园内独特的森林、草原、沼泽相映成趣，形成一道优美的风景。真是个集休闲、游玩、摄影于一身的公益性旅游景区，不愧是来塞罕坝旅游人眼里的"明星景区"。走进去便是木桥，一直向远处的湿地深处延伸着。远处水草鲜美，风车、凉亭、小桥，都在远处招摇着，似乎想伸手把游人拉到自己的跟前。可是，看似很近的景物，真正走起来就远了。

和乐乐走了半个多小时，才走到火泡子这里。因为这里虽然是个美丽的地方，但是，面积特别大，要是想都走遍，估计没个一天半天走不完。所以，只能这样拍了些远景的照片。转了一小圈儿，就往回走了。不到一个小时，就回到停车场了。

回到停车场，我们家乐爸已经躺在车上睡着了，大概是开车很累吧。这里上坡下坡的，角度特别大，开起来挺吓人的，我坐车都紧张，估计开车也会紧张的。就让他睡会儿吧，我找来钥匙，发动车，离开七星湖。

很快回到服务区，随便找到一家饭店，点了两个菜，先喂饱了肚子再议。终于把我们的肚子填饱了，可是，也该返程了。

我们原路返回到围场满族蒙古族自治县，在一个岔路口，我们向赤峰方向转去。一路上夏日的风景无处不在，浓郁的绿色在山间田野里流淌。河水里荡漾着静谧的甜美，农家小院儿掩映在绿树青山之间，无处不让人感觉着沁人心脾的舒畅。天一会儿阴一会儿晴，但阴晴转换之间带来的是完全不同的视觉美感。

醉美克什克腾

一　奔向克什克腾

　　6月的一天，收到小编的留言，问有没有兴趣参加克旗的活动。其实，之前也关注了这个活动，只是因为时间的问题有点纠结，没有报名。经过小编这一问，我自己也好好地考虑了一番，就决定报名参加了。经过一系列的前期准备，终于得到了验客的名额，可以到克旗了。媛媛电话来与我敲定，并于

当天订了沈阳到赤峰的火车票，第三天又订了赤峰返沈阳的火车票。

接下来就是等待与准备，做一点关于克旗的功课。

6月7日下午，先生送我去沈阳站。我们坐地铁到沈阳站，时间还特别早，就在地铁站里坐了半个多小时，吃了点东西，就当作晚饭了。7点06分的火车，我们6点就到候车室了。本来想临时候车室会很热的，不过进去一看，还好，有空调。找了一圈，在老幼病残剪票口旁边的员工候车区找到座位坐到剪票。

下铺的大姐带着一个男孩儿，对面中铺是武警学院的学生，我下铺是一个赤峰的大夫，我上铺是一个女孩儿。女孩儿从上火车到睡觉前就一直不停地打电话，大夫有同伴一直聊天，剩下我们这几个不相识的人随便地聊着。

8点多，洗洗就睡了。可是，一直没睡好，每到一站，我就会醒，记录下我到了哪里，用手机定下位。

早晨6点33分，火车

正点到达赤峰火车站。下了车，什么都没顾，打个车就直奔汽车站，正好赶上7点开往经棚的汽车。汽车条件不太好，空调也不凉，不过路很好啊。经过近四个小时的行驶，来到了经棚汽车站。在媛媛电话指导下，打车来到了经棚宾馆。

哈哈，找到了组织啦！然后，就开始了克旗之旅……

二　初识经棚

6月7日晚7点05分，乘坐的K7362次快速列车缓缓驶离了沈阳站，经过十一小时三十三分钟的行驶，正点到达赤峰火车站。经过这里的次数不算少，但真正看见火车站还是第一次。因为急于去汽车站赶开往经棚的汽车，就只随手拍了两张。想着回来的时候再仔细地看一看赤峰火车站，不想，回来的时候更急，居然连看它一眼的时间都没有。我想，这是我和赤峰无缘吧！或许，我根本不应该来这里。

坐上出租车，把我从火车站所在的旧城区拉到汽车站所在的新城区。这新城区比较有熟悉的感觉，因为去年从坝上回来的时候就住在新城区了。到汽车站，正好赶上7点钟的汽车。坐下不一会儿就开车了，车很破旧，空调也不凉，好在感受到了草原的风是凉的。

汽车在公路上行驶了三小时四十四分钟到达了经棚。在经棚汽车只停两站，第一站是经棚广场，我没有下车，因为我不知道应该在哪里下车，就想到汽车站再下车。可是，汽车刚刚开出不远的时候，我就知道我错了，因为我看到了路边有几个人，其中有一个个子不高，戴着眼镜的人貌似同程的钟鸣老师，还有其他几个人也挺眼熟的，大概同程的人都在这里。事实证明我的判断和猜测是准确的，到了汽车站，给媛媛打电话，让我打车到经棚饭店。到了经棚饭店才发现这里就是我看到那群同程人的地方，而那几个人真的就是钟鸣老师、玲珑姐姐他们。

汽车站有好多出租车，司机在揽生意，要拉我去达里诺尔湖那里的，直到我说我有团儿了，他们才离开。打车真心便宜，才4元。

车一驶进经棚，我的眼前就突然一亮，完全颠覆了它在我的想象中的形象。其实在我的想象中这里不过是个草原上的小镇，马路不宽，两旁会有卖土特产的小店，楼房最高不过三层，那种红砖的小楼，给人一种沧桑的感觉。街道上会有马车、牛车，会有穿着蒙袍的蒙民，赶着他们的牛羊经过。从院子里出来倒水的女人们的脸蛋儿红红的，小孩子们扎着小辫子到处跑。马路上偶尔会出现牲畜的粪便，有风吹来的时候，会嗅到膻味儿，会嗅到牛粪的味道，会有漫天的黄沙，夕阳在沙尘中

显得那么苍白……

原来经棚是这样的，这是一个很大的镇子，是克什克腾旗政府所在地，街道整齐宽阔，楼房林立，商铺店面明亮气派，有种都市风范。

三　因为我们今生有缘

加入同程，实在是一次很偶然的机缘。

那年，一好友参加了同程组织的一次旅游业的聚会，很盛大的。他在同程注册，我也随着注册，结果，我在同程留下了，他却没留下一个脚印。或许，这就是缘分。

同程的各种活动多多，真的好多活动都想参加。可是，好多线下的活动都太远，而我的工作性质决定我的时间不自由，不能参加。好多时候，只能参加网上的活动。这次克旗的活动，真是一次很好的机会，离我们这里不是很远，而且时间还算可以，便

积极参与。其实，最主要的目的便是去见一见网上神交已久的朋友们。

有时候，去哪里并不重要，重要的是和谁一起去，和志趣相投的人一起走在路上的那种感觉是无比美妙的。

这次在克旗，有幸与这些同程的朋友相聚，真是太开心啦。我是个不善于主动进攻的人，所以，很少会去主动与谁搭讪，但是，同行的每一个人都记在我的脑海里，音容笑貌，一言一行。或许是当老师的职业敏感，我可以很快记得每个人的名字，虽然没有说过话，但是，我却知道都是谁，默默地关注每一个人的快乐。

因为我们今生有缘，才有此相聚。相机记录下的只是短暂的瞬间，而留存在心灵深处的却是永久不变的记忆。即使时光让记忆蒙上灰尘，也会在不经意碰触的时候熠熠生辉。

四　石林风光无限

这一天，天气真好，许是对我们这些远路而来的虔诚者的厚爱。天气真的很热，但是，草原的风是凉的，吹在身上很舒服。

石林的风光是美好的，不只是石林，那些白桦树、那些草、那些花都是这风光的创造者。

这样美好的风光，让人觉得心胸很开阔。

在中国有两处石林，一处在云南，被称为"南石林"，位于云南省石林彝族自治县境内，是我国著名的风景胜地，有"天下第一奇观"的美誉。石林具有世界上最奇特的喀斯特地貌，这里在约 3 亿年前还是一片泽国，经过漫长的地质演变，终于形成了

现今极为珍贵的地质遗迹。景区是一座名副其实的由岩石组成的
"森林"，穿行其间，但见怪石林立，突兀峥嵘，姿态各异。壁
峰之间，翠蔓挂石、金竹挺秀、山花香溢、灵禽和鸣，一派生机
盎然。石林以其无与伦比的天造奇观吸引着海内外无数游客。

　　而另一处与之相对的"北石林"则在内蒙古赤峰境内的克什
克腾旗的阿斯哈图。阿斯哈图是蒙古语，汉译为"险峻的岩石"。
它处于大兴安岭余脉向西部草原过渡的地带。草原上群山呈现出
典型的丘陵地形地貌特征，四周险峻，而山顶平缓起伏，冰石林
在这平坦的丘陵地带显得格
外突出。据专家分析，阿斯
哈图石林主要是由冰盖冰川
的创蚀、掘蚀和冰川融化时
形成的大量冰川融水的冲蚀
作用形成的，所以叫"冰川
石林"。

　　如果说"南石林"是
一万年沧海桑田造就的石林
海洋，那阿斯哈图石林就是
大自然的鬼斧神工雕琢的石
林盆景。每一座盆景都似一
层层的岩石叠在一起，然后
再经过重压成为一体，最后
经过风风雨雨、冰霜雪雹的
洗礼与磨蚀成就了如今模样。

　　游阿斯哈图石林需要一

点点去品味它。三个景区，逐个去观赏，逐个去研析，想真正读懂它，需用心去体会。每一座石景都有着不同的造型，有的被冠以各种名字，寄托了人们的美好遐想和愿望。但是，我还是喜欢那些远处的、没有名字的石林，那些才更有想象的空间。任你思绪飞向遥远的古代，去冥想它们是怎么形成的，去幻想古战场上它们可能是御敌的英雄，如今石化在此守卫自己的家乡。

阿斯哈图石林，差点失之交臂的风景，虽然因为它差点误了火车，但是，因为它，就是真的误了火车也值得。

阿斯哈图，不可不去的地方。

五　世界地质公园博物馆

克什克腾世界地质公园博物馆，是我们此行参观的第一个景点。美女讲解员的讲解特别到位，而且这么漂亮的讲解员也相当养眼啊。跟随美女参观，心情自然是很愉快的。

克什克腾世界地质公园博物馆位于经棚镇，建成于 2007 年 6 月，建筑面积 8105 平方米。博物馆外观呈水平条状，生动形象地展现了公园内独特的花岗岩石林景观特征。它是中国目前面积最大、功能最全、技术最先进的现代化世界地质公园博物馆。馆内设有地质遗迹厅、生态环境厅、4D 影院、标本陈列厅、游戏厅、贵宾接待室、历史文化厅和图书馆。通过图片展示、文字说明、电子设备演示及实物等展示形式，将公园内丰富的地质遗迹、优美的自然景观和独特的人文景观展现出来，充分体现了克什克腾的美丽与神奇。地质公园主碑是由联合国教科文组织颁发的碑体放大 150 倍制作而成的。博物馆广场为缩小的克什克腾旗版图。该地质博物馆作为克什克腾世界地质公园的缩影，是进行旅游参观和地质科普教育的理想基地。

六　沙地云杉活化石

　　印象中，敖包就是蒙古族的毡房，这是我前四十多年头脑里对敖包的概念。现在知道，敖包是蒙古语，意思是"堆子"，也有译成"脑包""鄂博"的，就是木、石、土堆，是由人工堆成的"石头堆"、"土堆"或"木块堆"。旧时遍布蒙古各地，多用石头或沙土堆成，也有用树枝垒成的，现在数量已大减。原来是在辽阔的草原上人们用石头堆成的道路和境界的标志，后来逐步演变成祭山神、路神和祈祷丰收、家人幸福平安的象征。

　　白音，蒙古语是富裕的意思，白音敖包，就是富裕的敖包的意思吧？

　　我们参观"沙地云杉"就在白音敖包。

　　沙地云杉，被称为活化石，是稀有珍贵树种，现全世界仅存十几万亩，全部生长在内蒙古自治区。集中成片的也只有3万多亩，又都集中在内蒙古自治区克什克腾旗。这片沙地云杉最大树龄有500—600年，最小的树龄也有100年之久。

景区正在修建大门，我们从旁边绕路进去，车是不可能开进去了。步行不远，就看见在树丛中建的一座木栈桥，桥下是清清的流水，桥边是青青的绿树，云杉高高地耸立着。有的云杉很高大，有的却相对矮小，也有的叶子都枯了，大概是完结生命的时刻快到了，但却还是那样雄伟挺拔地屹立着。大家边走边听导游的讲解，互相拍照，拍树、拍花、拍人，也拍敖包。

那蓝紫色的小花，漂亮吗？问同行的贾周老师，说是叫"老牛疙瘩"，这名字好玩吧？草原上的花儿真多，多得你叫不出它们的名字，它们却在点缀着你美好的旅程。

七　碧草蓝天贡格尔

草原的早晨是罩在奶白色的雾气中的。草原的水分在阳光下蒸腾起来的晨雾，给草原披上了一层薄纱，一切都浸在其中，若隐若现，朦朦胧胧。远处的草地、远处的树林、远处的牛羊、远处的毡房全都被抹上一笔淡淡的神秘。

草原就是花的海洋，草原就是绿的海洋。

蓝蓝的天上白云飘，白云下面马儿跑，挥动鞭儿响四方，百鸟儿齐歌唱。这里的人民爱和平，

也热爱家乡……

歌中唱的，这草原上都有。

这就是美丽的贡格尔，这样一片美丽而神奇的草原。

据载：贡格尔草原位于内蒙古自治区赤峰市克什克腾旗的西北、西南部，巴彦高勒苏木（乡）、克旗达来诺日苏木（乡）和达日罕乌拉苏木（乡）境内，距离旗政府所在地经棚镇 35 公里，占全旗天然草牧场的 18.8%。是距离北京最近的内蒙古草原，303 国道横穿其间，交通十分方便。地理坐标为东经 116° 12′ —117° 57′，北纬 43° 20′ —44° 33′，总面积 101900 公顷。贡格尔草原自然保护区南部与达里诺尔国家级自然保护区相连，东与三义乡、新庙乡毗邻，西与阿其乌拉苏木交界，北与白音查干苏木接壤，总面积 48000 公顷，其中农田面积 1400 公顷，占保护区总面积的 1.4%；湿地面积 12100 公顷，占保护区总面积的 11.9%；草原面积 88400 公顷，占保护区总面积的 86.7%。

我们扑进了贡格尔草原的怀抱，就像马儿一样在草原上奔跑。如果不是时间的限制，真的想静静地躺在河边的草地上，望着蓝天白云，听着马蹄"嘚嘚"和牛羊的叫声，放松自己的身心。

八　何必婺源赏黄花

婺源，对于喜爱摄影的人来说，那是拍油菜花的天堂。

每当在网上看到网友们拍摄的油菜花，我都会艳羡不已，梦想有一天可以亲自到婺源去拍一拍油菜花田。甚至有一个晚上，梦见自己到了一个地方，有清澈的流水，小桥边是一座座房子，

雪白的墙壁，黑色的房顶，周围是大片大片的油菜花。我大喊：这不是我想拍的油菜花吗？于是，到处找相机，就是找不到。心里这个急呀，急着急着，梦就醒了。

人说是日有所思才夜有所梦，大概是对油菜花过于执着吧。

去年，在去塞罕坝的途中，也曾遇见了一小片油菜花，如获至宝，马上停车拍摄。但是，那些油菜花确实是很少，还是念念不忘婺源的田田花错。

这次在去乌兰布统的途中偶遇了这大片油菜花田，真的是兴奋不已，拼命地拍摄。无奈，途中时间有限，只能是草草地拍摄了事。

回望那一片油菜花，花香犹存，各位同学的靓丽身影永远留在了镜头中。

常记油菜花香，沉醉不思归路。兴未尽而行，回首黄花烂漫。前进，前进，去寻更美风景。

九　红色的坛形山

"依稀往梦似曾见，心内波澜现。抛开世事断仇怨，相伴到天边。逐草四方沙漠苍茫，冷风吹，天苍苍，哪惧雪霜扑面。

藤树相连，射雕引弓塞外奔驰。猛风沙，野茫茫，笑傲此生无厌倦。藤树两缠绵，天苍苍，野茫茫，应知爱意似是流水。斩不断理还乱，万般变幻。身经百劫也在心间，恩义两难断。"这歌词还熟悉吧？来到乌兰布统草原，耳边便萦绕起这首歌，眼前就出现郭靖与黄蓉塞外草原驰骋的情景，神仙眷侣。

乌兰布统，是蒙古语，意思是"红色的坛形山"，位于辽河上游内蒙古自治区赤峰市克什克腾旗西南的浑善达克沙地边缘。我们所到的地方就是当年康熙爷指挥清军大战噶尔丹的地方。清朝时期，这里是木兰围场的一部分。康熙的舅舅在这里战死，坛形山前面的一片湖泊就被叫作将军泡子，实际上就是一片沼泽地。去年，我从河北那边到的将军泡子，感觉水要比这边大一点。这边的水好像要干了的感觉，水边的黑泥都露出来了，一看就是一片沼泽地。

去年也曾差一点就从河北那边过来这边的红山军马场，但是，后来没有成行。这次弥补了去年的遗憾，真不愧是军马场啊，到处水草肥美，随处可以看到马群。那种膘肥体壮的蒙古马，鞍鞯鲜明，想一想骑上它们奔驰在一望无际的大草原上，该是怎样的意气风发啊！

同学们纷纷去骑马，小试身手。那边骑骆驼的更是惬意，那种上下起伏的感觉，真的让我觉得是从夕阳下的大漠走来了一队骆驼，太好的感觉。我是不骑马的，也不坐马车，迈开双腿走向湖边。骑马的同学来到湖边的时候，我已经开始往回走了。这边骑马其实很实惠，路程是河北那边的两倍多，看来内蒙古人民是很实在的。不过，他们也会劝你骑马跑一圈的，这一圈不一定要跑多久，所以就不要去跑了。

在将军泡子的一个小时时光，很快就过去了，但是，它却像梦一样留在了我的脑海里。

十　风景永远在前方

奔向乌兰布统古战场的路是崎岖的，120公里的路，几乎全是盘山路，我们的车要开上两个半小时。一路上的风景真的很美，语言是难以描述的。

坐在车窗边，用我的相机和手机轮换着，不停地拍下美景，恨不得把所有的景色都记录下来。虽然，好多的照片很模糊，但是，还是留下了，让人心中充满了欢喜。

每一次的出行，都会是这样，不停地拍下沿途的风景，但是，真正成功的照片实在是不多。可是，每一次还是这样，乐此不疲。这本身就是一种乐趣，快乐地行走。快乐，不在于你在旅行的途中拍下多少大片，而是路上会洒下你的欢声笑语，心中充满着对前面风景的憧憬，就这样不停地走，不停地拍。拍下的不是风景，拍下的是自己愉悦的心情。

或许每个人的理解会有不同，当别人到处寻找灵感的时候，你和我一样在寻找着心境。低调、不语，默默地用镜头记录下此刻我在这里，我的心情很快乐。哪怕是一条快要干涸的小河，哪怕是坍塌得只剩下一面土墙的房子，哪怕是一棵孤零零的树……每一处景物都记录下旅行中的琐碎。

窗边大概是最适合我的地方，远眺草原，近观山道，可以冥想，也可以放歌。

渐行渐远，亦渐行渐近。风景永远在不远的地方，等待着我。

这是个张扬的时代，似烟雨这样低调的人，大概在人群中是不易被注意到的，这正是我所喜欢的感觉。默默地拍风景，默默地拍同行的伙伴，如果说伙伴们是草原上的花，那烟雨就是草原上的小草，永远颔首，让花儿更娇艳。

十一　龙口漂流怎能不湿身

漂流，不仅是年轻人的运动，更是所有热爱生活的人的快乐运动。

在西拉木伦河，我们错过了最美的西拉木伦大峡谷，却收获了龙口漂流的快乐。

西拉木伦河又称为潢水，诗曰：日出红山后，龙兴潢水源。在克旗境内的西拉木伦河长有 151 千米，而发源于浑善达克沙地边缘浩来呼热境内的西拉木伦河的全长为 1250 千米，是红山文化、草原青铜文化、辽契丹文化、蒙元文化的发祥地。

西拉木伦河汇聚了沙里河、萨岭河，飞流直下，经过九曲十八湾，进入一条长两千米的悬崖峡谷中，水流出谷口，犹如巨龙喷云吐雾，被称作"龙口"。水量大，水源丰富，形成巨大的水流落差，蔚为壮观。1971—1974 年，克旗政府在此建成了装机容量为 6000 千瓦的水电站。现已建成龙口水上乐园，娱乐项目齐全，有水上游船、快艇冲浪、水上自行车、情侣休闲车、沙滩浴、骑马、沙地摩托车、游泳、垂钓、漂流等。尤其是水上漂流项目，以其惊险、刺激、新奇吸引了北京、天津、辽宁的大批游客，有西拉木伦第一漂之美誉。

当我们的旅行车开进龙口漂流俱乐部门前的广场时，同学们就兴奋地挤下了车，奔向取救生衣的地方，一个个穿上橘黄色的救生衣，拿起长竹篙，迫不及待地上了橡皮船。

水流很急，其实基本不用划船，竹篙的作用就是在船要撞到岸边或者撞到石头的时候顶一下。有时候水浅的地方会搁浅，就用竹篙撑一下。

太阳不太热，但是紫外线却特别强，而且在水上漂流，那更是容易晒伤的。所以，我把帽子戴好，还戴了太阳镜。在水上自由自在地漂呀漂呀，呵呵，真有趣，边漂边用手机给贾周老师拍照片。过了一会儿，我们的船漂得快了，碰到了更多的同学，我就拍呀拍呀。特别是上了岸

以后，拍那些湿了身的同学更是有趣。瞧那些光光的脚丫儿，哈哈哈。

龙口漂流，没有什么落差，如果不打水仗的话，完全可以像我一样优哉游哉地漂，还可以欣赏两岸的风光。我们还把船和边走边唱歌的姐姐的船连在一起漂，快多了。贾周老师划船技术很差哦，连正反都分不清楚，呵呵，可别让他听到啊。

漂流的快乐无法形容，因为快乐，就感觉时间过得特别快，一个多小时的时光转瞬即逝。还好，手机里留下了同行各位朋友的靓影！

十二　白日放歌须纵酒，青春作伴好还乡

那一日，告别了同程的朋友们，和猪猪妹、玲珑姐一起等车来接我们。突然之间，觉得天好高、云好白，草地好绿，花开得好美，玲珑姐的裙子好艳丽！这些美好的事物搭配在一起是那么和谐美好。这一切，如此让人留恋。

发现如此美好、如此留恋，却不得不离开了。趁着这点空隙再拍下几张美景吧，尽力地把它们保留在记忆里。

从经棚到阿斯哈图景区是一条环线，我们早晨是从贡格尔草原来的，一路都是一望无际的大草原，满目都是绿草和野花，到处都是牛羊、水草和蒙古包；而我们回去的路却是另外一种风光——惊险刺激的盘山公路。远处的草原美景更加富有层次感，这就是黄岗梁国家森林公园。

黄岗梁国家森林公园位于内蒙古克什克腾旗东北部，距赤峰

市 300 公里。据介绍，黄岗梁地区保存了第四纪冰川最完整的形态，且类型多样，是典型的山谷冰川，黄岗梁两侧有冰斗、U 形谷、角峰、终碛堤、侧碛堤、条痕石漂砾等冰川遗迹，被称为冰谷林海，是迄今发现的保存最好、冰川地貌齐全、科研价值最高的第四纪冰川遗迹。黄岗梁国家森林公园是大兴安岭最高峰，海拔 2029 米，由 27 座山峰组成，支脉东西延伸，峰拔岭皱，山脊崎岖险峻，雄伟壮观。这里山高林密，有獐、狍、豹、狐狸、野猪等野兽 30 余种，斗鸡、山鸡等山禽十几种，是理想的休闲狩猎之所。黄岗梁国际狩猎场占地 32 万亩，为当前亚洲最大的国际狩猎场，已对游人开放。

　　一路上，满眼的风景，总是让人感觉不虚此行。尽管行程很紧张，时间比较紧，路上心情也很急，但这风景之中，着实也冲淡了许多紧张的情绪。这段路，天一直很晴朗，许是让我们有个好心情。的确，我们这一路说说笑笑，讲了许多知心话，感情增

进了不少。

伴着风景，伴着音乐，伴着歌声。白日放歌须纵酒，青春做伴好还乡。酒是无酒，却偏要白日放歌，美好的时光相伴，返回家园。

十三　不一样的离开

因为我们今生有缘

让我有个心愿

等到草原最美的季节

陪你一起看草原

去看那青青的草

去看那蓝蓝的天

看那白云轻轻地飘

带着我的思念

陪你一起看草原

阳光多灿烂

陪你一起看草原

让爱留心间

7月，是草原最美的季节。初夏的草原，嫩绿的色彩，沉浸在如同牛乳般的晨雾之中，似一条乳白色的纱巾披在一位美丽少女的头上。遍地的野花，阿白、阿黄、阿红、阿紫……似少女嫩绿衣服上点缀的图案。

　　走近草原，走进克旗，了却我小小的心愿。几天来，一闭上眼睛，就会出现绿色广袤的草原上，一簇簇不是很高，却长势特别茂盛的树。那种孤独，给人以寂寞的感觉。那是一种震撼人心的美，蓝天白云倒映水中，绿草野花开满大地山坡，到处都是牛羊，到处都是马群，雪白的蒙古包似一颗颗星星在草原上闪动着。

　　草原如此美丽，真的不舍得离开。但是，天下无不散的筵席。再美的风景也不能够全部带走，只要在你的记忆深处留下影子，曾经的梦想实现，在如梦如幻的美景中行走过，就是最美好的旅行。不过，我没有想过，我会以这样的方式离开草原。

　　7月9日，依行程，去了阿斯哈图石林景区。因为我订了晚上6点16分由赤峰开往大连的火车，要回沈阳，所以，参观了

石林景区以后，就要和猪猪妹、玲珑姐一起打车赶往赤峰火车站。因为怕误了火车，在游玩时，特地问了赤峰电视台的记者，从石林到赤峰四个小时够不够用，据说三个半小时就可以了。

2 点 45 分，我们坐景区的车来到了南门，接我们的车已经来了。上车，就开始飞奔，司机说如果不快点走就来不及了，这样 6 点能到赤峰火车站。听他这么说，我的心里很急，但是，也没有办法，既来之则安之吧。

不过，很快，这种担心就被沿途的美景所替代而忘记了。或许，旅行中这种遇见的风景才是最美好的。我们经过黄岗梁国家森林公园，这是一段盘山路，惊险的刺激、美景扑面而来。过了热水景区以后，司机把我们拉上了一段山石渣铺的野路，好长的一段野路。这是一段更加惊险刺激的盘山路，并且有更美的风景等待着我们。一阵阵的惊呼，不是来自路的惊险刺激，而是那种从未见过的风景。

……

当我们再次行驶到国道的时候，车已经开到了一百四十迈。一路狂奔。到了赤峰的时候，竟然塞车，心里那种急，不是当事人是体会不到的。好在 6 点 03 分（我的手机好像还慢 3 分钟）赶到了火车站，背上几十斤的两个包，一路跑向剪票口，竟然不是我一个人这么晚到。工作人员说："不用跑了，来得及。"进去以后，下地下通道，再上去到一站台，看到火车居然是 4 号车厢，当时头就大了。看了看方向，向车尾跑去，当我上了 12 号车厢时，人已经累得差点吐血。一位大姐让我先坐下，给我拍拍后背，让我先歇歇。歇了一会儿，继续往里走，找到自己的位置，躺下，好半天才缓过来。

三分钟以后，车缓缓启动了，就这样结束了我的草原之行，结束了我的克旗验客之旅。这样的方式，永生难忘的方式。

十四　不可重复的旅行

克旗之行，写到今天就要告一段落了。虽然天天在写字，但是，却越来越感觉到自己不会写字了。现在越来越感觉自己的大脑里空空的，写出来的东西，越来越没有美感了。

题外话了，只是想跟大家说从 6 月 7 日出发一直到 7 月 9 日返程，回忆起来，真的如在梦里。

第一次独自坐火车走这么远的路，其实，真的是有点忐忑的感觉。特别是返程时的紧张与焦急，不是当事者是不能体会到那种心情的。但是，所有的一切艰难，在与几天行程中相遇的美景

相比起来，都不算什么了。说不定，这次行程，它会改变我后面的生活，改变我对人生的态度。

草原的广阔，让我觉得心情很开阔。草原的风很凉，让我感觉清爽。草原的草嫩、牲畜壮，让我感觉到生命的力量。草原的花很多很美，让我感觉很快乐。草原的天很高，云很白，让我感觉天高地广。草原的食物很好吃，让我吃了忘不掉。草原的人很热情、朴实，让我觉得特别温暖。

克旗之旅是美好的，或许以后我还会来克旗，但是，每一次旅行都会有不同的感受、不同的经历，这是一次不可重复的旅行。